翡翠の森の眠り姫

CROSS NOVELS

弓月あや
NOVEL:Aya Yuduki

幸村佳苗
ILLUST:Kanae Yukimura

CROSS
NOVELS

CONTENTS

CROSS NOVELS

翡翠の森の眠り姫

7

あとがき

234

CONTENTS

翡翠の森の眠り姫

Presented by
Aya Yuduki
with
Kanae Yukimura

弓月あや

Illust
幸村佳苗

CROSS NOVELS

生きるものすべてが眠りにつく、昏《くら》い、昏い翠《みどり》の森の中。

悪魔が来る。真っ赤なバスローブを着て、ぼくのところに来るんだよ。

悪魔はね、ぼくに触る。爪が伸びた大きな手で。大きく尖った牙で突き刺す。身体中を舐めまわして噛《か》んで食べるみたいに、ぐちゃぐちゃするの。

こわい。

あいつに触れられるとね、血の気が引いて身動きできなくなる。息も吸えなくなる。悲鳴を上げたいのに、それさえできなくなるの。

きもち悪い。吐きそう。怖《こわ》い。死ぬ。死んじゃう。こわい。こわい。

でも悪魔はね、ぼくが悪いって言うの。

お前が俺を誘っている。淫乱《いんらん》な子供だ。制裁を加えてやる。お前は天使の顔をしながら俺を堕《だ》落《らく》させる悪魔だ。いやらしい悪魔め。兄貴の負担にしかならない悪魔め。

それからね、ぐちゃぐちゃする。ぐちゃぐちゃって。

だから黙っている。悪魔が血をすすり満足するまで、自分の口を必死に押さえながら。

だってね。声をたてたら死んじゃうの。

ううん。殺される。――――悪魔に殺されちゃうんだよ。

1

「おい、降ってきたぜ。もう帰ろう」

耳に飛び込んできた誰かの一言で、図書館に設置されている長いテーブルで勉強をしていた佐《さ》伯翠《えきみどり》は顔を上げ、窓へと目を向けた。

どんよりした曇りから、いよいよ降り出したロンドンの空。これはもう本降りになるだろう。これ以上の勉強は諦《あきら》めて、机に広げたノートや本を閉じた。

傘はないけど、ビニール袋はある。雨がひどくなる前に、早く帰ろう。

それに雨の日は好きだ。空気がしっとり落ち着いていて、気持ちいい。

隣の席の学生らもヒソヒソ話をしながら、ノートや本を片づけ始めている。

「雨かよ。最悪。俺、傘なんて持ってきてないよ」

「しょうがないな。俺の傘に入れてやる」

「ラッキー！　さすが俺のベストフレンド。愛しているぜ！」

「ばーか。気持ち悪ぃな。ほら、行くぞ」

彼らは楽しげに囁《ささや》き合い、瞬《また》く間に図書館を出て行く。

そんな後ろ姿を見送りながら翠は、こっそり溜息《ためいき》をついた。

（いいなぁ。友達いるのって、すごく楽しそう。一緒に勉強したり、帰ったり）

でも、怖いなぁ。

渇望《かつぼう》に近い思いで少年たちを見送った翠には、友達がいない。学校に通っていないから、友人を作ることができない。

いや。通っていても自分は、あんなふうに誰かと関係を築くことはできない。臆病《おくびょう》で、おまけに極度の人見知り。それだけじゃない。最悪なのは――――。

そこまで考えて、また溜息が出る。それからハッと顔を上げた。

「いけない。早く帰らなきゃ」

物思いに耽《ふけ》りそうになったが、空模様を思い出し、帰り支度を再開する。だがその時、いきなりお腹がキュウゥゥゥと鳴った。

誰かに聞かれたかもと周囲を見回し、恥ずかしくて頬《ほお》が染まる。実際は、すきっ腹ゆえの腹鳴りなど誰も気にしていないのだが、それでも恥ずかしい。

昨夜は一緒に暮らしている兄がいなかったので、夕飯は適当にビスケットですませた。それに朝も食べないで出てきてしまったし、昼も食べずに図書館にいたのだ。

（家に帰る前に近所のベーカリーに寄って、売れ残って安くなっているバゲットを買おう。硬いパンだけどミルクに浸《ひた》して食べると柔らかくなるし、何よりお腹がいっぱいになる）

小柄で、ほっそりとした身体。清潔な長さにカットされた黒髪。小さな顔に収まった目鼻立ちは、大きな切れ長の瞳と、小さな唇が印象的だ。

顔立ちは整っているが華やかさがないのは、笑顔がまったくないせいだった。

翠は借りた本が濡《ぬ》れないように、厳重にビニール袋に包んでから、肩掛けバッグに入れて雨の中を歩き出す。図書館の広い前庭は公園になっていて、雨のせいで人気《ひとけ》がなく、その静けさが翠にとっては心地がいい。

その時、花壇の横にうずくまる人影に気づいた。

一瞬、息を呑《の》む。翠は人と接するのが苦手だ。父と母が生きていた幼い頃はそうでもなかったと記憶しているが、いつの頃からか他人に触られるのが、たまらなく怖い。

だが、今はそんなことを言っている場合じゃないと、翠はぐっと手を握りしめる。そして、しゃがみ込む人に話しかけた。

「あの、どうかしましたか？」

薄いグレイのコート。きれいに纏《まと》められた銀髪。うずくまっていたのは品のいい、年配の女性だ。彼女は雨に濡れて、真っ青な顔をしていた。

「大丈夫ですか、救急車を呼びましょうか」

翠はそう言って、あたりに公衆電話がないか見回した。翠はこの年代の少年にはめずらしく携帯電話を持っていない。たった一人の家族である兄と、いつでも連絡を取り合えるように欲しいと思うことはあるけれど、その兄に必要ないと却下されているのだ。

だが友達づき合いのない翠にとって、それ以外に不便に感じることはない。

「困ったな、図書館に戻って電話を借りるしかないけど」

でも、この場を離れている間、この人を一人にして大丈夫だろうか。

思案しているその時、柔らかい声がした。

「驚かせて、ごめんなさい。だんだんよくなってきたから、大丈夫ですよ」

顔を上げたその人は、確かに年齢は重ねているけれど、驚くほど美しい。若い時はきっととんでもない美女だったろう。

「救急車は呼ばないで。大きな音を鳴らして来られたら、本当に具合が悪くなってしまうわ」

心配だが、確かに救急車は目立ちすぎる。女の人にすれば、恥ずかしいのかもしれない。それにそう言っている間にも顔色がよくなっていくようだ。言葉もしっかりしているし、呂律《ろれつ》も回っている。これなら病院は必要ないのかもしれない。

「じゃあベンチに移動しましょう。立てそうですか?」

「ええ、ありがとう」

彼女はよろけながらも立ち上がる。翠は反射的に手を伸ばしたが、触れる直前で躊躇《ためら》った。

人に触れるのが、怖い。

指先が微かに震えてくるのがわかって、唇を噛む。

(大丈夫。洋服の上からだから、直《じか》に肌に触れるわけじゃない。なんてことない。絶対に大丈夫。

この人は女の人だし。具合が悪いのだから手を貸してあげなくては)

いったい何が、どう大丈夫だというのか。翠にも意味が摑《つか》めない呪文だが、繰り返していると勇気が湧いてくる気がする。

老婦人に手を差し伸べると、彼女は優しく笑ってくれる。その微笑《ほほえ》みで少しだけ、恐怖が和《やわ》らいだ。翠は老婦人の腕を取り、すらりとしたその肢体を支える。

服ごしに相手の体温を感じて、背中にじんわりと汗がにじんだ。

「ここなら雨も当たりにくいですし、ここへ座りましょう」

大きな樹の下にあるアイアンのベンチは、濡れて冷たそうだった。

翠は迷うことなく自分のコートを脱ぐと、裏返しにしてたたみ、ベンチに敷いた。

「どうぞ、このまま上に座ってください」

「ダメですよ、あなたのコートが」

「どうせもう濡れているので、気にしなくていいです。あ、ちゃんと裏返しにしたから、中は乾いていますよ。具合が悪い時に冷やしたらダメだと、ぼくの兄が言っていました」

ちょっと強引だと思ったけれど、雨に濡れたベンチに病人を座らせるなんてできない。

老婦人は気にしていたが、体調不良のせいもあるのだろう、根負けした様子で腰を下ろす。

「ごめんなさいね、あなたのコートを台なしにしてしまったわ」

「ううん。遠慮しないでください」

救急車は呼ばなかったけれど、このまま放っておくわけにもいかない。

この人を家まで送っていこう。そう思ったその時。公園の入り口に大きな車が止まった。後部ドアから、一人の青年が飛び出してくる。輝《かがや》く銀髪と、碧色《みどりいろ》の瞳が美しい。

「おばあ様！」

突然の声に翠がびっくりしていると、老婦人が「ヴィクター」と片手を挙げる。

「どうされました。お加減が悪いのですか」

「ちょっと人あたりしてしまったの。公園で休もうと思ったら、立ち眩《くら》みがしてしまって。でも、もう大丈夫」

その言葉を聞いた青年の唇から、大きな安堵《あんど》の溜息が零《こぼ》れた。

「ああ、よかった。車から姿が消えたとライアンから連絡がきて、駆けつけたんですよ」

「ごめんなさい。ちょっとだけ、お花売りを呼び止めようと思ったの。でも人が多くて、あっという間に流されてしまって」

その言葉を聞いて、青年は強い口調で文句を言い始めた。

「花なら温室に、いくらでも咲いているでしょう」

「小さな薔薇《ばら》のブーケでね、可愛《かわい》かったのよ。あれは温室にはない薔薇だわ」

「そんな気まぐれで姿を消すなんて。ライアンは責任を感じて必死で捜していたんですよ。世間知らずにも程があります。ご自分の立場を弁《わきま》えてください。リットンの人間は、おばあ様と私だけなのですよ」

「あ……、あの」

老婦人を強い口調で諌《いさ》めている青年を、翠は思わず止めてしまった。

「この方はさっきまで本当に顔色が悪くて、しゃがみ込んでいたんです。どうか怒る前に、優しくしてあげてください」

そう口出ししてしまったが、相手は体格のいい青年。普段ならば絶対に避けて通るタイプだ。しかし、具合が悪かった老婦人が叱咤《しった》されるのを聞いていられない。

二人とも、驚いた顔で翠を見ている。

彼女を叱っていた青年は動揺しすぎていて、周囲が目に入っていなかったらしい。今初めて翠の存在に気づいたというふうに、老婦人によく似た面差《おもざ》しの、美しい顔を向けてくる。

「きみは?」

「ぼ、ぼくは図書館から家に帰るところで……。おばあちゃんが気分悪そうにしていたから、声をかけただけの者です」

翠が『おばあちゃん』と言うと、青年は驚いたように目を瞠《みは》った。

その顔立ちは端整だった。美術館で見たことがある彫像ほど美しい。

きらきら光る銀髪に包まれた額の形は、芸術品のようだ。長い睫《まつげ》に縁取られた切れ長の瞳は碧色。まるで宝石だ。

仕立てがいいと翠にもわかる、品のいいジャケットとズボンに包まれた肢体は、すらりと長い。本当に芸術品のようだと見惚《みと》れそうになった。

「おばあちゃん？」

片方の眉を上げた彼の瞳を真っすぐに受け止めて、今すぐ逃げ出したくなる。兄以外の男性と対峙《たいじ》して会話をするのは久しぶりだった。

青年が翠に警戒心を持っているのが伝わってくる。尻込みしそうになったけれど、孫に責められている老婦人が気の毒で、必死で言い募った。

「あ、あの、なれなれしい言い方をして、すみません。でも、おばあちゃんは……」

委縮しきっていると、老婦人が優しい声で言葉を挟んだ。

「ヴィクター、あなたからもお礼を言ってちょうだい。とても親切にしていただいたのよ。ほら、こうしてベンチが濡れているからって、ご自分のコートを敷いて、わたくしを座らせてくださったの。具合が悪い時に冷やしちゃダメですっておっしゃってくれて」

老婦人の微笑みを交えた丁寧な説明で、訝《いぶか》しげだった青年の瞳が警戒を解いていった。碧色の瞳が、きらきらと明るい色へと変化する。まるで魔法だ。やっぱり宝石の瞳だと思う。

青年は大きな手で翠の小さな手を包み込むように、ぐっと握りしめ何回も上下に揺する。その力は強くて、ちょっと痛い。何より翠にとって、この握手は拷問に等しい。

動悸《どうき》が速くなり、背中に嫌な汗がにじみ出す。意識が遠のきそうになる。これはあれの発作の

前兆だ。

「私の非礼をお許しください。お礼を申し上げます。きみは祖母の恩人ですね」

熱い声で言われて、握られた手をやっと振りほどき、震える指先を背中に回して隠した。そして掠《かす》れる声をしぼり出し、何とか別れの挨拶《あいさつ》を口にする。早く帰りたい。

「恩人だなんて、そんなつもりじゃないですから。あの……、ぼくはこれで」

「待ってください」

立ち去ろうとした手をふたたび摑まれて、顔から血の気が引く。しかし、青年は翠の顔色には気づかないようだった。

怖くて声が出なかった。かろうじて手を引っこ抜いて、胸元で組み合わせる。

そんな翠に気を悪くした様子もなく、彼は親しげな態度を崩さない。

「やはり寒いのでしょう。今から私たちの家に行き、濡れてしまったコートを乾かしましょう。いや、コートだけじゃない。洋服も濡れているじゃありませんか。恩人にお礼もせず、そんな状態でお帰しするわけにはいきません」

「恩人だなんて、大げさです。誰だって具合の悪い人がいたら、手を差し伸べます」

「いいえ。あなたが声をかけてくださるまでは、どなたも無関心でいらしたわ」

翠の謙遜《けんそん》する言葉を、老婦人はきっぱりと否定する。これでもう、翠に逆らう理由が奪われたも同然だ。

「で、でも知らない方の車に乗るなんて、そんな……」

まるで攫《さら》われる少女のように、困りきって怯える翠に、青年はにこやかに微笑んだ。とても魅力的な笑顔だと、こんな時なのに翠の目は吸い寄せられてしまった。

「そうでしたね。名乗りもせずに、大変失礼をいたしました。私はヴィクター・ブルワーと申します。きみが助けてくれた方は私の祖母で、エリザベート・ブルワー。失礼ですが、お名前を聞かせてもらえますか」

丁寧な言葉遣い。翠とは別世界の住人だ。

「いいえ、ぼくは本当に、家に帰らなきゃいけないんです。だから……」

「顔色が悪いですし、さっきから震えていらっしゃいますね。きみに風邪《かぜ》を引かせるわけには参りません。コートもクリーニングいたしますので、どうか当家にいらしてくださいませんか」

そう言ってヴィクターは、乗ってきた車を指し示した。

お目にかかることも稀《まれ》な高級車のそばには、制服を着た運転手。彼は後部座席のドアを開いて、皆が乗り込むのを待っていた。

「彼の名はライアン。長年、当家に仕えてくれています。さぁ、乗ってください」

ヴィクターが手を伸ばしてきたので、また触られるよりは車に乗ってしまうほうが、今の翠には楽だった。半分、逃げるような気持ちで車に乗り込む。

コートを乾かしてもらったら、すぐに帰ろうと諦めた。

後部座席は対面式で、大きなシートの上には銀色に光る毛皮の敷物が敷いてある。座ることが憚《はばか》られて中腰でいると、ヴィクターは微笑んだ。

「その姿勢は疲れるでしょう。どうぞ遠慮なさらず、楽にしてください」

「あの、雨で濡れて、毛皮が汚れたりしたら……」

そう言うと老婦人もヴィクターも、微笑ましそうな表情を浮かべている。

「心配してくれて、ありがとうございます。でも、これはただの敷物。汚したら、きれいにすればいいんです」

ヴィクターがそう言うと、隣にいた老婦人も頷《うなず》いた。

「本当に優しい方。どうぞ、お寛ぎになってね」

穏やかな声で言われたが、もし汚してしまったら、いくら償《つぐな》えばいいのだ。翠の家には、お金の余裕は一切ないのだ。

仕方がなくシートに腰掛けると身体が沈んで埋もれるようだ。手を太腿《ふともも》の上に置いていても、指先が毛皮に触れる。そのなめらかな感触が、とてつもなく高級なのだと教えた。

(すごく気持ちいい。絶対に高価だ。神様、どうか汚しませんように)

心の中で悲愴な祈りを捧げる翠を見て、ヴィクターは「ごめんなさい」と謝った。

「あなたを困らせるつもりはなかったのですが。ただ、そんなびしょ濡れのまま帰すわけにはいかないでしょう。わかってください」

困った表情を浮かべていても、やはりヴィクターは端整な顔立ちをしている。きれいな碧の瞳、白い肌、輝く銀髪。

隣に座る老婦人もそうだが、二人とも人形のように整った顔立ちをしていた。王子様ってこういう人のことを言うんだろうと、思わず感嘆してしまう。

(それに比べて自分は、まるで絵本に出てくる貧しい少年だ)

翠を見つめてくるヴィクターの視線から逃れたくて、外に目をやる。

ここは、どのあたりだろう。市の中心からずいぶんと離れたようで、高い建物が少ない。

翠は普段、遠出をしなかった。学校に行かず、家から出るのは勉強のために通っている図書館に行く時と、食糧品の店へ行く時だけ。だから長年住んではいるけれど、ロンドンの街をよく知らない。

車は高いレンガの壁沿いをしばらく走って、緩やかに減速し始めた。目の前には見上げるほど高い門。その門が自動的にゆっくりと開いていく。

まさか、ここに入るのかと緊張すると、中年の男性が門の脇から出てきて車に向かい深くお辞儀をした。翠も焦ってお辞儀を返すが、ヴィクターも老婦人も動じた様子がない。慣れているのだ。

「彼は門番です。祖父の代から、当家に勤めてくれています」

ヴィクターが説明してくれるけど、門番なんて、バッキンガム宮殿などにしかいないと思っていた。翠の常識からは、あまりにも現実離れしすぎている。

車は門の中に入ると左右に高い木々が整然と植えられた小路を走り出す。高い塀に囲まれた広大な敷地らしい。真っすぐ走り続け、ようやく視界が開ける。

目に飛び込んできたのは大きな噴水と、それを取り囲むようにして造られた庭園、そして見たこともない瀟洒《しょうしゃ》な石造りの屋敷だった。

(何これ)

屋敷の大きな扉の前には、幾人ものメイドが立っている。彼女たちは、ライアンが後部座席の扉を開くと、恭《うやうや》しく頭を下げた。まるで映画のワンシーンだ。

「マダム、ヴィクター様、おかえりなさいませ」

そんな出迎えに、車から降りた老婦人は、慣れた様子で「ただいま」と言った。

後部座席で小さくなっている翠は、唖然《あぜん》として成り行きを見守るばかりだ。

(おばあちゃんがマダム)

先ほど、ヴィクターが変な顔をしたのは、このせいだ。老いているとはいえ、この大きなお屋敷のマダムを、「おばあちゃん」呼ばわりしてしまったのだから。

固まっている翠をどう思ったのか、ヴィクターは優しい表情を浮かべている。

「さぁ、どうぞ」

そう言うと、手を差し伸べてくる。まるで姫君に対する騎士《きし》のような、そんな態度だ。翠は緊張と驚きで強張った顔で、小さくかぶりを振る。

「ぼく、やっぱり失礼します」

帰ると呟《つぶや》いたけれど、まったく相手にされていない。

「どうぞ、お手を」

白くてなめらかな指先が目に映った。男らしく大きくて、がっしりしている。それを見た瞬間、なぜか寒気がした。

「いえ、ぼく一人で降りられますから」

車の外に誘《いざな》う手を無視して、車を降りた。怖くて彼の顔を見られない。

「あの、……すごく大きいお屋敷ですね」

「古いだけです。広すぎて住みにくいですよ」

石段を上り、大きな扉をくぐると、そこには黒い上下のスーツを着た初老の男が立っている。

彼は深々とお辞儀をしてヴィクターを迎えた。

「おかえりなさいませ、ヴィクター様」

「ただいま。ケイン。お客様だよ。おばあ様が街中で体調を崩されて困っていた時、助けてくれた恩人だ。名前は、――――さて、もう教えていただいてもよろしいですか?」

先ほど名乗らなかった翠を揶揄《からか》うような、いたずらっ子みたいな表情で覗《のぞ》き込まれて、どきどきしてしまった。慌てて名乗る。

「翠です。佐伯翠」

「すてきな響きのお名前だ。異国の香りがします。ミドリというのは、日本語でしょう？　どういう意味ですか？」

「はい、日本語で意味は、えぇと、緑色です。草木の葉の色とか、海水の色。汚れのない青緑、翡翠《ひすい》の色、鳥の羽。それを総称して翠っていうんです。ぼくも、よく知らないのですが」

「翡翠の色の名前をお持ちなんですね。すてきだ」

謳《うた》うような声で言われ何と答えていいかわからない。ずっと黙っていたが、帰りたい気持ちは募《つの》るばかりだ。本当に、どうしてこんなことになったのだろう。

「ケイン、まずは翠に着替えを用意しておくれ。彼の服のクリーニングを頼む。それと、おばあ様のご様子を伺って、一緒にお茶にしましょうと伝えてくれ」

「かしこまりました」

広く豪奢《ごうしゃ》なホールは、室内そのものが美術館みたいだった。煌《きら》びやかな装飾が施《ほどこ》された柱。宝石みたいに光る、繊細《せんさい》なシャンデリア。壁に造りつけられた飾り棚には、クリスタルで作られた可愛らしい動物が、いくつも並べられていた。

中でも目を惹《ひ》いたのは、華麗な彫刻が施された額縁に収められた、貴婦人の肖像画だ。大きな瞳は麗《うるわ》しく、通った鼻筋は気品があり、薔薇色の唇は可憐《かれん》で妖艶でもある。レースのドレスに包まれた身体は、豊かな胸と柳腰の対比が眩《まぶ》しい。結われた銀髪が肩に零れ、しなやかな手には華やかな扇が握られている。

宝石のような貴婦人の絵に、すっかり見惚れてしまった。

「きれいな人ですねぇ」

溜息まじりに呟くと、そばにいたヴィクターが説明してくれる。

「美しいでしょう。第十三代リットン伯爵夫人エリザベート・ブルワーの、若かりし日のものです。あまりにきれいなので私が無理を言って、ここに掛けさせました」

「無理を言って？」

聞き返すと、ヴィクターは困ったように笑う。

「若い頃の肖像画を飾るなんて恥ずかしいと、おばあ様がおっしゃるのです」

「若い頃？　おばあ様って、……あの、もしかして、あの、これって」

そうだ。ヴィクターは夫人を紹介してくれた時に、エリザベートと言っていた。

「きみが、おばあちゃんと呼んでいた夫人の、若き日の肖像です。当時は社交界の尊き薔薇と謳われていたそうですよ」

驚きすぎて声も出ない。

今でも夫人は十分美しい。けれど若い時の美貌は言葉を失うほどだった。

「だからあなたは、おばあちゃんってぼくが呼んだら、変な顔をしたんですか」

「ええ、まぁ。とても新鮮でした。祖母はリットン伯爵家の宝石とも称《たた》えられた方で、おばあちゃんと呼ばれたことは、今までありませんでしたから」

女性は、いくつになっても女扱いされたいものだ。特に、それほどの扱いを受けていた美女なら、自分みたいな子供に老人呼ばわりされて、気分がいいはずがない。

「ど、ど、どうしよう……っ」

「大丈夫です。祖母は面白《おもしろ》がっていたみたいですよ。笑っていらしたでしょう?」

確かに、終始にこやかだったけど、女性に対してなんて失礼なことを言ってしまったのか。

帰りたい。ずぶ濡れのままでもいい。とにかく、ここから立ち去りたい。

だがヴィクターはまったく気にした様子もない。夫人の機嫌がいいので問題ないようだ。

「それでは翠様。お部屋にご案内いたします」

執事はそばにいた使用人に客室の準備を申しつけると、にこやかに言った。

翠は正直なところ、困り果てていた。自分の大失態は居たたまれないし、豪奢な屋敷の中に馴《な》染《じ》めるはずもない。見知らぬ人に案内されて知らない部屋に行くのも心細い。

普段は兄以外の人間と、ほとんど会話もない翠にとって、こんなに大勢の人に囲まれるのは息苦しくてならないのだ。

ヴィクターを見ると、彼はちょっと困ったような、いたいけな子供を見るような表情を浮かべている。

「翠さん、そんな頼りない顔をしないで。攫われてきた姫君のようだ」

「……ひめぎみ?」

こんな安物の服を着たお姫様が、どこの世界にいるだろうか。

ヴィクターは顔を近づけ、囁くような声で言った。

「慈悲《じひ》深く、そして愛らしくも美しいという意味で、姫君と言ってしまいました。もちろん翠さんが立派な紳士だと、承知していますよ」

「紳士……、でもないんですけど」

ヴィクターは翠の肩を、そっと抱く。そのとたん、言いようのない寒気が襲ってきて、身体を反らした。

それを見てヴィクターはどう感じたのか、片方の眉だけ上げてみせる。

「失礼。とにかくバスで体を温めてください。風邪を引いてしまう」

さんざん自分を惑乱させた当の本人に、そう言われてしまった。

「はい」

頷いて、その場から逃げるように執事のあとを追う。とにかく一度、バスでもどこでもいいから一人になりたい。これ以上、彼に触れられるのは無理だったからだ。

□□□

「翠様。お世話係をさせていただきます、ケイトと申します」

「お世話係？」

客室に案内されてすぐ引き合わされたのが、利発そうな目をした若い女性だ。

濃いグレイのワンピースはメイドの制服らしい。襟と袖だけ真っ白な佇《たたず》まいが清楚《せいそ》に映る。白いヘッドドレスはレースがついていて、とても可愛らしい。

そんな絵に描いたようなメイドを目の前にして、翠は本当に困ってしまった。

「慣れないバスでは、勝手がおわかりにならないでしょう。何かございましたら、ご遠慮なくケイトにお申しつけくださいませ。それでは、私は失礼いたします」

「え」

執事はそう言って室内から姿を消し、部屋の中にケイトと二人きりになってしまった。

こんな年若い女性からお世話をすると言われても困る。どうしたらいいのか、さっぱりわからない。そもそも、お世話係って何をする人なのだ。

翠の困惑を察したのだろう、隣から可愛らしい声がする。

「翠様、それでは浴室にご案内いたします。もしよろしければ、わたくしがご入浴のお手伝いをいたしますが」

入浴の手伝いと聞いて、身体が硬直した。

「いいえ。いいえ。ぼくバスは一人で使えと親から固く言われているので一人で入ります」

一気にそう言うと、ケイトは小首を傾げている。

「まぁ、左様でございますか」

「はいっ。それじゃ遠慮なく使わせてもらいます」

「かしこまりました。バスローブとタオルは中にご用意してございます。バスタブそばに、シャンプー、ボディソープ、バスキューブがございますので、お使いください」

ケイトの説明に曖昧《あいまい》な微笑を浮かべながら浴室の扉を閉め、鍵をかけてからようやく大きな溜息をつく。やっと一人きりになれた安堵からだ。

その時、ふわぁっと目に入ったのが、浴室のあちこちに飾られた観葉植物だった。

大きなお屋敷もヴィクターもメイドも美女の肖像画も、何もかも驚きの連続で緊張しっぱなしだった。でも、この浴室は違った。

森林浴と同じ効果だろうか。たくさんの緑とゆったりした空間は心を癒《いや》してくれる。思わず深々と深呼吸してしまった。

翠の接触恐怖症は、なぜか女性にはそれほど強く症状は出ない。それでも、もし発作が起きたらと思うと怖いし、やはり触られたいわけではない。女性に性的な興味があるのかどうかは自分でもよくわからないけれど、恐怖症とは違う苦手意識もある。

若くて可愛らしい女性に、付き添われながらの入浴なんて自分には無理すぎた。

だが、そうしたらヴィクターは、女性が見ている前で入浴することが、当たり前ってことなのだろうか。

そう考えた瞬間、ブンブンとかぶりを振った。

「い、いやらしいことを考えてどうするんだ」

そう呟きながら、用意された上等な厚いリネンとバスローブを見た翠は、使用する習慣のないバスローブに胸がざわつき、何となく気分が重くなる。

「とりあえず、シャワー浴びちゃおうかな」

実際、雨に濡れたせいで服が肌に張りついて気持ちが悪い。コックを捻《ひね》ってシャワーがお湯になるのを待つ間、じっとりと濡れた服を脱ぎ捨てる。

「はぁ……、気持ちいい」

シャワーだけと思っていたのに、冷えた身体に温かいお湯は魅力的すぎた。すぐに栓《せん》をして、お湯を溜める。そしてバスタブに座り込んで、温かい雨を存分に浴びた。

「シャンプーと、ボディシャンプー。バスキューブってなんだろう。ええと、『バスに砕いて入れてください。エッセンシャルオイルの優しい香りがバスルームに広がります』。入浴剤ってことだよね。なんか、面白そう」

蓋《ふた》のついた硝子瓶《がらすびん》に、銀紙に包まれたキューブがいくつも入っている。使用説明に従って、試しにお湯の中に落としてみる。すると、ふわぁっとローズの香りが広がった。

真っ白なタイルの浴室は、清潔できれいだった。

天井まである大きな窓は、外からの光を存分に取り込み、温室のようだ。バスルームのあちこ

ちに飾られた植物も、生き生きと葉を伸ばしている。特に大きな鉢植えにはアルバという、つる薔薇が花を咲かせていて美しい。窓から裏庭を眺められるのも、翠にとって初めての経験だ。

まるで温室にバスタブを置いたみたいな空間に、思わず微笑みが浮かぶ。心の底から安心できる空間だ。

「お風呂って、いいなぁ」

年寄りじみたことを呟いたのは、雨に濡れたのもあって疲れたせいかもしれない。初対面の人に連れてこられた屋敷の中で、のんびりお湯に浸《つ》かっている自分が信じられない。

しかし、図書館から今までずっと緊張続きだったからだろうか。やっと一人になれて、張っていた糸がゆるんでしまったようだ。

目を閉じていると、眠りの中に引きずり込まれていく。温かい湯は、柔らかい羽毛のように翠を包んだ。

「翠様。いかがなさいましたか、翠様」

トントントントン。遠くから聞こえるのは、誰の声だろう。

男の人の声、……バスローブ。嫌なことをされたような、……何だっけ……。

身体が動かない。温かく香りのいいお湯が、まるで鎖《くさり》のように絡みつく。

――趣味の悪い、真っ赤なバスローブ。男の声。粘《ねば》つく嫌な声。夜の森の深い水底みたいな、暗い暗い部屋。

そうだ。ぼくは夜が怖かった。嫌なことをする男が、あいつが来るから。

「ケイト、すぐにヴィクター様に、翠様のご様子がおかしいとお知らせして！」

「は、はいっ。でも翠様は」

――男はバスローブを脱いで、裸になった。ぼくが逃げようとしたら、ローブのひもで縛《しば》った。

怖かった。すごくこわかった。

ドン！　ドン！　遠くで大きな音が響く。

（やめてって言っているのに……――）

頭に流れ込むのは、必死な声。執事の声とは違う。扉を開ける音。たくさんの靴音。

「翠様！　しっかりしてください！」

「翠！　翠！」

次の瞬間、いきなり身体を抱きかかえられて、温かい湯の中から引き揚げられた。

「すぐに医者を、いや、救急車を呼べ！」

鋭い声が聞こえたその時、顎《あご》が持ち上げられて息が吹き込まれる。その刺激が苦しくて暴れようとしたが、顎も手足も動かない。

苦しいよ。苦しい。死んじゃうよう。死んじゃう……っ。

またしても息が吹き込まれ、身体中の血液が沸騰《ふっとう》しそうになる。気持ち悪くて頭が痛くて助けてほしくて、必死に声を上げようとした瞬間、ヒクッと身体が痙攣《けいれん》し噎《む》せ返った。そして大きく咳をした瞬間、大量の水が口から吐き出された。

するると、ひゅっと空気が喉に吸い込まれ、痛みと共に酸素が体内になだれ込んでくる。

「ごほっ、ゴホゴホっ！　く、苦し、い」

何度も背中を叩かれ、そのたびに咳を繰り返す。四つん這《ば》いになってゼェゼェ呼吸を繰り返していると、何とか呼吸が楽になる。すると大きな溜息が聞こえた。

「水は全部、吐き出せたようです。――――ようございました」

執事の冷静な言葉で、全員が安堵する気配。

「ああ、翠……っ！」

ハッと気づくと、ヴィクターに抱きかかえられている。二人ともびしょ濡れだ。

(男はぼくを抱きかかえて、そして――――)

執事とケイト、他にも何人かの使用人たちが心配そうに覗き込んでいる。

肌と肌の触れ合いにパニックになる。夢の中で見た男と、目の前の彼は違うとわかっているのに、恐怖を抑えられなかった。見開いた目の睫を震わせ、ヴィクターの腕から逃れようと必死でもがく。

「やめて……っ」

被害者のような反応に、彼は一瞬だけ傷ついた瞳をしてから翠の身体を放すと、優しい感触が身体を覆《おお》った。先ほど用意されていたリネンを、ケイトがかけてくれたのだ。

たくさんの人間が立ち入ったせいで、きれいに咲いていたアルバが、無残に花びらを散らしていた。散った花から、強い香りが立っている。頭の奥が痺《しび》れそうな芳香だ。

「翠様、申し訳ございません！　申し訳ございません！　あまりにも長い間バスに入ってらっしゃるから、おかしいと思ったのに。もっと早くわたくしが声をかけていれば」

涙声で謝り続けるケイトに翠は、かぶりを振る。

「ぼくは、ケイトさんに助けてもらったんだよ」

「え？」

「異変に気づいて、人を呼んでくれたんでしょう？　だから今、生きているんだ。ケイトさんは命の恩人です。ありがとう」

これだけは、ちゃんと言わなくてはダメだ。そう思い、掠れる声で必死でお礼を言った。するとケイトは大きな瞳に涙を滲《にじ》ませたかと思うと、それはみるみる溢れ出し、わあっと泣き出してしまった。隣にいた執事が、肩を叩いている。

小さなメイドは、張り詰めていたものが切れたらしい。こんな騒ぎに遭遇《そうぐう》したのは初めてだったろうし、翠が溺《おぼ》れてしまったことが、自分の責任だと思い込んでいたのだ。

「ケイトさん、ケイト。泣かないで」

翠がそう声をかけると、彼女はしゃくり上げながらも気丈に顔を上げる。

「わたくしなんて、何もしておりません。翠様をお救いになられたのはヴィクター様です」

その言葉に顔を上げたが、彼は翠に背を向けていて、表情は見えない。

翠はヴィクターの背中を、じっと見つめていた。それ以外に自分ができることなど、何もなかったからだ。

□□□

溺れながら嫌な夢を見たせいで翠は、ひどく具合が悪くなってしまった。部屋のベッドで休ませてもらうことにする。

しばらくしてベッドから出て、執事が用意してくれた、ヴィクターの幼少時のものだというシャツとジーンズ、それに凝《こ》った編み込みセーターを借りて着替えていると、だんだん居たたまれなくなってくる。

その時、部屋の扉をノックする音が響き、すぐに扉が開いてヴィクターが顔を出した。

「翠、具合がいいようなら、お茶にしませんか」

「いいえ。大変なご迷惑をかけたので、もう帰ります」

「帰られますか?」

さっきは溺れた上に、ヴィクター相手に接触恐怖症のパニックを起こしてしまった。水を吐き出させるためとはいえ、彼にくちづけられたのだ。しかも、それを、あんなふうに拒絶したのだ。

彼は、どう思っただろう。

柔らかな口調だけれど、実際は怒っているのではないだろうか。

改めてお詫《わ》びとお礼をしなければならないとわかっているけれど、またさっきみたいな傷ついた表情をされたらと思うとなかなか言い出せない。

「気にならないでいいのに。でも、今日は日が悪いようだ。では、車でお送りしましょう」

無理に引き止めることはせず、彼は翠を促して、部屋を出た。

「お寛ぎのところを失礼いたします。お茶の支度が整っておりますが」

部屋を出て廊下を歩いていると、行く手からケインが歩いてくる。その執事に、ヴィクターは
「いや、お茶は中止だ」と言った。

「左様でございますか」

「翠は、もう帰りたいそうだ」

その言葉を聞いて、ケインは頭を下げた。

「翠様。先ほどの件は、私の手落ちでございます。申し訳ありません」

大人の男の人に真剣に謝られて、びっくりした。ケインは何も悪くない。いや、大騒ぎの発端《ほったん》は自分の居眠りだというのに。

「ぼくこそ今日はすみませんでした。皆さんに迷惑をかけて、恥ずかしいです」

そう言うとケインは微妙な表情を浮かべる。

「翠様、あなた様はマダムの恩人でございます。この屋敷の者は誰もが感謝こそすれ、疎《うと》ましく思う者はおりません」

その一言で、夫人との出会いを思い出した。何だか、ずいぶん前の話のようだが、数時間しか経っていないのだ。

「ケイン、お茶の支度がしてあるなら、お菓子とサンドイッチを包んでおくれ。自宅でゆっくり召し上がっていただこう。それと、翠のコートと服は乾いているかな」

「はい。すぐお持ちいたします」

執事は今きた廊下を、すたすたと戻っていった。

「あ、さっきのケイトさんに、挨拶したいのですが」

何気なく言うと、ヴィクターは片方の眉を少し上げる。

「どうしてですか。彼女がお気に召しましたか」

「お気に召す？　ええと、お礼を言いたかったんです。ずいぶん心配をかけたし、助けてもらったのに、すごく気にしているようだったから」

そう言うと彼は冷《ひ》ややかな眼差《まなざ》しで見下ろし、ふいっと視線を逸らした。

やっぱりヴィクターはさっきのことを怒っているのだろうか。

「彼女はもう、厨房の手伝いに入っているでしょう。どうしてもとおっしゃるなら、呼ぶこともできますが」

「忙しい時間なんですね。じゃあ、結構です」

あっさり返すと、ヴィクターは戸惑った表情を浮かべている。

「よろしいのですか」

「忙しい時間に呼びつけて何回もお礼を言うのは、しつこいかなって思ったので」

その言葉を聞いて、彼は口元に微かな笑みを浮かべた。

「なるほど。では、参りましょうか」

「あ、あの……」

翠が思いきって声をかけると、彼は歩き出しかけていた足を止め、翠を見た。宝玉のような瞳に見つめられて言葉が出なくなったが、必死で声を出す。

「さっきは助けてくださって、ありがとうございました」

突然の礼の言葉に彼は少し首を傾《かし》げた。彼を拒んだことを詰《なじ》られるだろうか。

優しくしてくれて、命を助けてくれた人に、自分は握手を求めることもできない。そう考えると言葉が出なくなってしまった。だが。

「それは、バスルームでのことですか」

彼のほうから、ちゃんと話をつないでくれる。会話がうまく運べない翠は、それだけでも涙が出そうなぐらいホッとする。

「はい。危ないところを助けてもらったのに、お礼も言えないままでした。ごめんなさい。ヴィクターがいてくれなかったら、ぼくは死んでいたと思います。改めてお礼を言います。ありがとうございました。それと、あの……、失礼な態度を取ってしまってごめんなさい」

きちんと礼を言って頭を下げた。しばらくしてから翠が顔を上げると何がおかしかったのか、彼は微笑みを浮かべている。

「あの？」

「何か、気持ちを乱すようなことがありましたか？　……泣いていらっしゃる」

「え」

慌てて頬に触れると、本当に濡れている。なぜ自分が涙を流しているのか、翠自身、わかっていなかった。ヴィクターはそっと手を伸ばし、反射的に震えた翠の頬を指で掠める。そのとたん、また身体が竦《すく》んだ。

だが、その指先が触れてくることはなかった。

「溺れたことを思い出したのでしょう。かわいそうに」

穏やかな声は優しく、そして心の奥に沁《し》みてくる。翠は俯《うつむ》いてしまった。

溺れたことが怖かったんじゃない。別のことが怖かったのだ。

考えただけで、頭の芯が痛くなる。痛いというか、ぎゅうぅっと絞《しぼ》られるみたいだった。

思い出すのが怖い。思い出したら、どうしよう。

自分が自分でなくなる。きっと粉々に砕けて、あのバスローブの男に踏まれて消える。散らされた浴室の薔薇のように。

　　　　――踏まれて消える。

そこまで考えたその時、優しい声が耳に届いた。

「やはり、休憩したほうがいいでしょう。どうぞ、中にお入りください」

彼はそう言うと、目の前の扉を開く。

ここも先ほどのバスルームと同じように、室内が緑で埋まっている。調度は金色の縁取りが施された白で統一されており、とても優美だった。

翠に椅子を勧めるとヴィクターは部屋に設置された電話機を取り上げ、話をしている。

「ああ、ケイン。やはり翠には帰る前に、少し休んでもらおうと思ってね。お茶と、何でもいいから甘いものを用意してくれないか。今、珊瑚《さんご》の間にいるから」

そう言うと彼は電話を切り、翠が腰を掛けている真向いのソファに座った。

「怖いことを思い出して、疲れたでしょう」

彼は、優しい声をかけてくれる。そんなふうに言われると、本当は風呂で溺れたことが怖かったのではないのでしょうと、言われたみたいだ。ただ、ヴィクターは翠が彼のことを怖がっていると勘違いしているのかもしれない。怖いのはヴィクターではない。

本当に怖いのは――――。

「失礼いたします」

扉がノックされると、ケインが銀のワゴンを押して、部屋の中に入ってきた。彼はテーブルの上に茶器とスィーツが載《の》った皿を並べていく。熱い紅茶はダージリン。皿の上には、きれいにカットされた桃と、硝子の器に盛られたアイスクリーム。

手際よくセッティングを終えて去っていく執事を見送り、ヴィクターはこちらを見た。

「お嫌いでなければ、どうぞ召し上がってください」

優しく言われてカップを持ち上げると、紅茶のいい香りがして、心がほどける。

「いい香り……」

「ええ。私もこの茶葉は好きで、よく飲みます。好みが合ってよかった」

ふんわりしたお茶の、とても穏やかないい匂い。何だか気持ちが素直になれる。

ヴィクターは今まで会った男の人の中で、一番優しい人だ。

「ぼく、小さい頃に両親が亡くなって、今は兄と二人で暮らしているんです」

なぜか突然、するっと翠の唇から身の上話が零れ落ちた。今まで誰にも言ったことはなかった。

それなのに、どうしてこんな話を始めてしまったのか。

「あの、もう気がついているかもしれませんが、ぼくは人に触るのも触られるのもダメなんです。

接触恐怖症っていうの、知っていますか」

「聞いたことがあります。他人に触られるのが苦痛だとか、誰か人が手にしたものを触りたくないだとか、そんな症状のことでしたっけ」

「はい、そうです。だから学校にも行っていませんし、もちろん友達もいません」

こんなことを話すのは、恥ずかしい。でも、さっきの傷ついた様子が頭から離れず、ヴィクターには、ちゃんと話をしておきたいと思った。

どうして初対面の人に対して、こんな気持ちになるのだろう。

「嫌な汗が出て気が遠くなったり、ひどい時は過呼吸になったり、発作を起こすんです。触られると絶対そうなるわけじゃなくて、ただ、またそうなったらどうしようって思うと怖いんです。あ、でも兄には平気なんです」

取り繕《つくろ》うように兄の話題を出してみたが、ヴィクターの眉は曇ったままだ。もしかして、先ほどバスルームで彼に触れられて大暴れしたことを思い出しているのだろうか。

なんて短慮《たんりょ》だったんだろう。ヴィクターに触られたくないって言ったのも同じだ。翠がどうしようと焦っていると、優しい声がした。

「よく、話をしてくれました」

「え?」

「他人に自分の弱みを話すのは、つらいものです。それなのに、よく私に話してくれましたね。ありがとう。……嬉しいです。翠はか弱そうに見えるけど、強い部分もあるんですね」

ヴィクターはそう言うと、少し困ったような、痛みを堪《こら》えるような表情を浮かべる。

「こんな時、きみを抱きしめたい」

「だ、抱きしめるって、どうして……」

「抱きしめて、今まで一人で苦しかったでしょうと慰《なぐさ》めたいです。でも、それが苦痛に感じられてしまうならば、私には何もできない。役に立てず、ごめんなさい」

あまりにも意外なことを言われて、翠は言葉が出なかった。

重苦しい他人の過去なんて、聞きたいものじゃない。むしろ聞きたくない。この人は、どうして『ありがとう』や『ごめんなさい』なんて言葉が出るのだろう。

「私の話も、少ししましょうか。この話を口にするのは初めてなのですが。私も子供の頃、両親を病気で喪いました。最初は母、そして父です。それから祖父母に育ててもらったのです。ですから翠、あなたの気持ちが、少しは理解できると思います」

（あ。そうか）

翠は唐突に、彼の繊細さの理由が納得できた。マダムを公園で見つけた時、とても慌てて強すぎると思うほどにきつい口調でマダムにつめよっていた。きっと必死だったのだ。翠がたった一人の兄に異常に思い入れをしてしまうように、ヴィクターも愛情の対象を失うのが怖いのかもしれない。

ヴィクターと自分は子供の頃に親を亡くす、そんな同体験をしている。家庭環境はぜんぜん違う。だけど幼い頃の経験を同じくすることで、違わぬ痛みを分け合う感覚になれる。

まったく違う二人が、つながり合ったみたいだった。

片方はリットン伯爵家の嫡男《ちゃくなん》であり、片方は異国の子供だ。本来ならば、出会うはずもなかった二人なのに。

もっとこの人と話をしてみたいと思った。こんなふうに話ができる人なんて、初めてだった。

……でも、もうヴィクターに会うことはないだろうと自嘲《じちょう》が浮かぶ。

翠は首を反らして、見事な天井画を仰《あお》ぎ見る。

この屋敷は、どこもかしこも美しい。まるで美術館みたいに。自分が住む下界とは異なる、優美な天上の世界。もう、二度と来ることはないだろう。

「翠様、お待たせしました」

そう声をかけられて我に返ると、ケインが扉から入ってくるところだった。彼の手には、きれいにクリーニングされた翠のコートと、大きな紙袋がある。

「クリーニングが間に合ったようだ」

ヴィクターはそう言うと執事の手からコートを受け取り、着せてくれようとする。そこでまた恐怖症が出そうだったが、ぐっと堪えて、されるがまま袖を通した。

だが彼は、先ほど翠の恐怖症のことを聞いたせいか、身体に触れないよう、気を遣ってくれていた。そんな気遣いに、胸が震えた。

きれいにしてもらったお陰で、安物のコートが上等になった気さえする。着せられた時、ふんわりと芳香がして胸の奥がどきどきした。

「翠様、こちらはお車までお持ちいたします」

その紙袋が、先ほどヴィクターの言っていたお菓子類なのだろう。初めて訪問した家で、いただきものなどして、いいのだろうか。困っていると、ヴィクターが肩を竦《すく》めた。

「甘いものがお嫌いでなければ、もらっていただけませんか。今日はお客様がいらしたので、当家の料理人が張りきって焼いた菓子です。荷物になって申し訳ないのですが、食べていただけると腕を振るった彼が、とても喜びます」

大きな紙袋の中を覗くと、たたまれた洋服の脇に、小さな籠《かご》に入った焼き菓子や小さくカットされたサンドイッチなどが、きれいにラッピングされて、たくさん入っている。

とたんに翠の顔が、ぱぁっと輝いた。

「わぁ、嬉しい！　甘いもの大好きです。朝も昼も食べてなかったから、お腹がペコペコでした。こんなにたくさん、いいんですか」

会った時から、ずっとどこか怯えた態度だった翠が屈託なく喜ぶと、ヴィクターは、ちょっと眩しいものを見るような表情を浮かべ、口元をほころばせた。

「もちろんです。喜んでいただけてよかった。では、車までご案内します」

ヴィクターは翠の少し先に立ち、促してくる。ケインは荷物を持って玄関前に停められた車まで、荷物を運んでくれた。

来る時に乗っていたのとは違う車の助手席を示されて、おとなしく座った。見ると、玄関口にはケインだけではなく、夕食の準備で忙しい最中だろうメイドたちも並んで見送ってくれている。

その中にはケイトもいて、こちらに小さく手を振ってくれていた。同じように手を振って、命の恩人であるメイドに別れを告げる。

「お住まいの住所を教えてください」

運転手席に座る彼に住まいを教えると、彼は慣れた様子で車を発進させた。

「ヴィクターは車の運転をするんですね。運転手さんがいるのに」

そう言うとヴィクターは口元だけで笑った。

「確かに運転手は常駐していますが、乗っているだけじゃ面白くないでしょう」

意外な台詞《せりふ》を聞いて驚いた。伯爵家の令息は、意外とやんちゃらしい。

しばらく二人は、無言でいた。自分の恐怖症について根掘り葉掘り訊《き》かれるのではないかと身構えていたが、ヴィクターは何も言わない。それは、彼がとても優しい人だからだろう。今日、初めて会った人なのに、それだけはわかる。

ヴィクターはとても思いやりのある、優しい人。ジェントルマンなのだ。

それがとても嬉しい。……うれしい。

車中で二人は、特におしゃべりなどしなかった。でもそれは気の重い沈黙ではなく、お互いに楽しめる、そんな静寂だ。

生まれて初めてのドライブは快適で、本当に楽しかった。

開けた窓から流れ込む、気持ちのいい風。優しい静けさ。くるくる変わる目新しい風景。美しい緑や花々。隣に座る、穏やかな人。

目を閉じ、ヴィクターの横だというのに、いつの間にかリラックスしていた。

「ぼく、ドライブって初めてです。すごく気持ちがいいですね」

そう言うとヴィクターは嬉しそうに微笑んだ。

「翠がそんなふうに楽しそうだと、私も嬉しいです。よかった」

優しい声を聞いているうちに、どんどん瞼《まぶた》が重くなっていく。そして、そのうちに眠りに落ちてしまった。

□□□

「す、すみません！」

うっかり車中で居眠りをしてしまった翠は、目を見開いて飛び起きた。なんともう到着しているではないか。

平謝りに謝ると、まったく気にしていない様子のヴィクターが、にこやかに笑った。

「寝る前に住所を言ってくれたでしょう。それで番地を頼りに車を動かしていたら、到着しました。わかりやすい場所にありますね」

翠の住むアパートメントを指して言われ、頬が赤くなる。運転を人にさせておいて、自分だけグウグウ寝るなんて、非常識すぎる。

「本当にすみません。じゃ、じゃあ、ありがとうございました！」

すごいスピードで謝罪し、車から飛び降りようとする。すると、

「翠！」

大きな声で呼び止められて、身体がビクッと震えた。

「え、え、え。あのまだ何か」

「後部座席に、ケインが用意した袋が置いたままです」

「あ……っ」

先ほど持たせてもらった大きな紙袋。うっかり忘れるところだった。

「ごめんなさい、ありがとう」

「ちょっと待っていてください」

彼は運転手席から降りると、後部座席のドアを開けて紙袋を取ってくれた。次いで助手席側のドアを開けてくれる。慌てて車から降りると、差し出された袋を受け取った。

「すみません、ありがとうございます」

「こちらこそ。もらっていただけて、嬉しいです」

「洋服も借りてしまって、すみません。クリーニングしてお送りします」

お礼を言われて気恥ずかしくなる。初めて伺ったのに、こんなにいただきものをしてしまうなんて、はしたないことだったかもしれない。

でも、ヴィクターが持っていかないかと言ってくれて嬉しかったし、これだけあると、今夜はごちそうだ。翠の家は、兄の収入で賄《まかな》っているから、少しでも節約したい。

そんなことを考えていたら、目の前に立つ彼が翠の頭に顔を寄せ、髪の毛にそっとくちづけた。何をされたかと首を傾げたが、すぐキスされたとわかり真っ赤になった。

ヴィクターは赤くなっている翠を見つめ、うっすらと微笑んでいた。

「握手のかわりです」

翠が怖がらないように、肌のどこにも触れないように。そんなくちづけ。

「今日、きみに会えてよかった」

そう囁かれて一瞬、時が止まったような気がした。

暮れゆく街並みに浮かぶ瞳が、美しすぎたせいだろうか。

「でも、いろいろあって疲れたでしょう」

「ぼくが溺れちゃったから、皆さんに迷惑をかけてしまって」

「あれは事故です。きみは被害者で、我々は困っていた方に手を差し伸べた。それは迷惑とは言いません。それより、今度ゆっくり会いませんか。私は、きみと友達になりたい」

「友達？」

「そう。友達です。私は、きみと親しくなりたいです」

「なんのためにですか？」

「友人になるのに、理由は必要でしょうか」

予想もしていなかった言葉に、しばらく瞬《まばた》きを繰り返すばかりだ。

だって伯爵家の子息に、また会いたいと乞われるなんて。

夢見心地で、家の電話番号を教えた。それ以外の通信手段はないから。

彼は手帳を取り出すと、番号を几帳面に記した。まさかヴィクターが携帯電話を持っていないわけはないだろうが、この古風なやり方が、彼の品のよさを上げている気がする。それに使っている万年筆は、翠からしたら、想像もつかない高級品だろう。

ヴィクターの手元をじっと見つめている翠に、

「データは一瞬で消えてしまうことがありますからね。紙に書いておけば、きみの連絡先を簡単になくすことはありません」

そう言って、手帳をポケットに大事そうにしまった。

「また、ご連絡します。それでは」

ヴィクターは呆気に取られている翠に微笑んで車に乗り込むと、走り去って行った。その車を見送りながら、しばらくポカンとしていた。

友達。誰と誰が。そう訊くのは野暮だろう。ヴィクターは、翠と友達にと言ったのだ。こんなに迷惑をかけまくった、しかも身分の差が甚《はなは》だしい自分に。

「友達……」

将来、伯爵になる人と友達だなんて。

およそ翠には考えもつかない、友達という言葉。でも、今はまだ伯爵様じゃないから、自分でも友達として付き合ってくれるのだろうか。

そう考えながらも唇が微かに微笑んでいるのを、自覚してはいなかった。でも、なんと心が弾む言葉だろうか。

「あんなに頭がよさそうで、あんなきれいな人が、ぼくなんかと友達になりたいって。変なの。友達だなんて変だ。友達なんて」

何度も「ともだち」と繰り返し、くすぐったさに身体を竦める。

くすぐったい気持ちは、心が弾んでいるからだ。

学校に行くことができず、家と図書館しか知らない。おまけに接触恐怖症の翠は、当然、友達なんかいない。自分の世界には唯一の家族である、兄しかいなかった。

ふと、図書館で見た少年たちの姿が、翠の脳裏によみがえる。

楽しそうに笑い合って、言いたいことを言い合って、それでも雨が降れば一つの傘を分け合って帰って行った二人の姿だ。

自分は友達なんて、ずっと諦めていた。自分の世界には、兄しかいないと思っていた。

それなのに。それなのに。

ヴィクターは――――。

「また会いたいなんて、変なの。……変なの」

何度も同じことを呟きながら、彼に別れのキスをされた髪の毛に触れる。

こんなふうに誰かに誘われることは、翠にとって初めてだったのだ。

2

翠の家族は、兄の耀司《ようじ》ただ一人だ。

日本を離れてロンドンで働いていた両親と四人で暮らしていたが、その両親は六年前、交通事故で亡くなってしまった。

日本に親戚はいるはずだが、幼い兄弟は会ったこともなく、連絡先も知らない。

遺児二人はロンドンから離れた施設へ送られたが、年が離れていたため、施設の中でも別々のフロアに収容されてしまった。そこで翠は、よく熱を出していた。

だが、いつからか職員が翠の額に手を置くと、悲鳴を上げてベッドの端に逃げるようになった。

『こわい。あくまが、まいばん、くる。こわいよ』

ずっと泣いていた。まだ十歳になったばかりの子供は、悪魔がとしか訴えられず、他人に触れられることに極度に怯えた。

何がそんなに怖いのかと訊かれても、かぶりを振るばかりだ。理路整然と説明ができず、ただ泣くしかできなかったのだ。

そんな弟を兄はどう思ったのか。ある日、突然、耀司は翠を連れて施設から逃げ出し、ロンドンへと向かった。それ以来、兄が働いて食べさせてくれている。

『もう悪魔なんか来ない。俺がぶん殴ってやった。お前は自由だ』

ロンドンに到着した夜、そう言って笑った兄の顔が忘れられない。

(何があっても、兄さんがいてくれるから大丈夫)

依存にも似た、兄への絶対的な信頼。この世で唯一無二の愛しい家族。

その兄が一晩中、仕事をしているのを見ていると、自分だけ家にいるのは心苦しい。

自分も働きたい。そんな考えになるのも当然だろう。

アルバイトでもできたらいい。人とあまり会わなくてすむ仕事なら、できるかもしれない。耀司は絶対に許さないとわかっていたけれど、ときどき楽観的に考える。

ヴィクターの屋敷を訪ねたその日、帰宅すると兄はいなかった。もう夜の仕事に出てしまったようで、朝方まで帰ってこない。翠は疲れがどっと出て、ヴィクターにもらった紙袋をテーブルの上に置き、ソファに座り込んでしまった。

「工場の深夜作業って、忙しいね」

思わず愚痴《ぐち》を呟きたくなるのも、無理はない。

耀司は翠と違って長身で、顔立ちも整っている。それに顎あたりまで伸ばしている髪も、なまめかしい雰囲気がある。身内の欲目抜きで、兄には華がある。

兄ならば、モデルだってやれるのではないかと思う。

そんな耀司が自分を食べさせるために工場の夜勤をしていることが、とても切ない。

自分がいなければ。

施設で騒がなければ、兄はお荷物の弟を連れて逃げ出したりしなかった。

お腹は減っていたけれど一人では食べる気になれず、そのまま翠は眠ってしまった。

翌朝、翠はそろそろ帰ってくるだろう耀司のために、ヴィクターからのお土産をテーブルに並べていた。今までこのテーブルに、こんな素敵な食事が並んだことはない。

「ただいま」

その時、慣れ親しんだ声が聞こえた。耀司だ。

「おかえりなさい！　お疲れ様」

「まぁね。……どうしたんだ、このゴージャスなテーブルは」

卓上に並んだ、サンドイッチやスコーンを見て、兄は訝しむ声を出す。

「それがね、すごいんだよ。聞いて聞いて！」

接触恐怖症など、どこへやら。帰ってきた耀司に纏わりついて、昨日あったことを説明しようとする様子は、五歳児と一緒だ。

だが、耀司はクールにそれをかわした。

「ストップ。帰ってきたばっかりだ。まず手を洗ってからだろ」

「はーい」

注意されて、しょんぼりする翠の頭を耀司は撫《な》でる。そしてバスルームに消えてしまった。横切った時、ふわっと石鹸《せっけん》の香りがしたのに気づく。

　工場でシャワーを浴びてきていると、耀司は言う。そんなものかとも思うが、工場って、何を作っている工場なのか。翠はまったく業務内容を知らなかった。

　バスルームの前の床に座って、兄が出てくるのを待つ。扉を開けた耀司は、そんな弟の姿を見て噴き出した。

「なんだよ。子供みたいに」

「だって話したかったんだもん。すれ違いばっかり。起きてる兄さんを見るの久しぶり」

「甘ったれ」

「いいの。だって兄さんだもん」

　言葉遣いもヴィクターと話をしていた時より、ずっと幼い。無意識に甘えているのだ。本音を言えば子供の時と同じように、「おにいちゃん」と呼びたいぐらいだ。

　子供じゃないから、そんな呼び方はしないが。

　そんなことを考えながら兄の首にしがみつき、背中に体重をかける。これは重い。

「疲れているんだから、ベタベタくっつくな。重い」

「やだ」

「この甘ったれが」

　言葉遣いは雑だが、耀司は纏わりつく弟の髪を何度も撫でてくれる。荒っぽいけど、それがすごく気持ちいい。

（やっぱり、兄さんは安心。他所《よそ》の人とは違う）

「前も言ったけど、ぼくもアルバイトしたいな。表に出る仕事じゃなくて、ビルの清掃とか動物の飼育とかなら、できると思うんだ」

「前にも言ったが、絶対にダメ。外国人、しかも未成年を雇うところはない。それにお前は接触恐怖症だ。翠は図書館で勉強してろ」

「兄さんは、ぼくの年齢の時、働いていたじゃない」

「俺は大家が、身元引受人になってくれていたからＯＫなんだよ。ついでに言うと、それなりに筋肉も体力もあるし、何だってできる」

容赦《ようしゃ》ない答えに、また膨《ふく》れっ面になってしまう。口で兄に勝った例《ためし》がない。

「兄さんだけ働いているのが、嫌なんだよ」

「うるさい、半人前」

「いつになったら一人前になれるの。不公平だよ」

「不公平だと？　利いたふうな口を叩きやがって」

とたんに目つきが凶暴になる耀司に、翠は身体を竦ませる。

「お前が恐怖症を起こさず、元気でいればそれでいい。働いたせいで体調崩して寝込まれたら、本末転倒だろう。いいか、俺に面倒をかけるなよ」

苦労は分かち合いたいと言っても、一瞬で話は終了だ。

耀司はいつもこう言って、自分だけ働く。弟に苦労をさせまいとして、自分だけが大変な思いをする。

「兄さんが働いている工場で、雇ってくれないかな。そしたら一緒にいられるもの」

「仕事しながらお前のお守りなんか、真っ平ごめんだ。それに要領が悪くて動作が鈍い奴に、できる仕事はない。何より、背が低いお前に社会に出られたら迷惑だ。諦めな」

「何それ。背なんか関係ないよ」

「ある。身長百八十センチ以下は、工場の機械に手が届かない。お前、身長何センチだ」

「……男に身長の話をしちゃいけないって知らないの？」

「女性に体重の話をするのは、最大のタブーってのと一緒だろう？」

はぐらかされて、結局いつもどおりの展開だ。

耀司が何の仕事をしているか、まったく教えてもらえなかった。

兄は「工場で働いている」としか言わない。その工場の連絡先も教えてくれないのだ。

耀司がいつも、薬を飲んで寝ているのは、秘密だが、秘密でもない。つまり、耀司は隠しているつもりだが、翠は知っている。

（無理しているから、寝られないんだ）

耀司は仕事から帰ってくると、睡眠薬を服用して就寝する。疲れているのに、薬がないと眠れないらしい。そのことが、とても悲しかった。これ以上、兄に負担をかけたくない。誰かの犠牲《ぎせい》の上に成り立つ幸福など、受け入れられない。

「それで、このごちそうはどうしたんだ？　お前の小遣いじゃ買えないだろう」

兄の一言で、ハッと我に返る。そうだ、昨日一日あったことを話さなければ。

「それがね、すっごいの！　図書館を出て歩いていたら、具合の悪そうなおばあちゃんがいてね、あ、おばあちゃんじゃない、ご夫人がいてね」

「ご夫人？　なんだよ、それ」

一生懸命に話をするのを、兄は「ふーん」と聞いていた。だが、バスで溺れた話になると突然立ち上がり、翠の両頬を手で包む。

「助けられた？　男に触られたのか！」

「えっ、……でも、大丈夫」

「バカ、そんなわけがあるかっ。今すぐ救急車を！」

本気で言っているらしい。兄の首に抱きつくと、キュウッと力を込めた。

「もう半日前の話だよ。ぼく今は、ぜんぜん平気でしょう？」

にっこり笑ってみせると、耀司ははーっと大きく息を吐く。

「……本当なのか」

何だか、顔色が青ざめている。こんなに心配されるとは、思わなかった。

「ごめんね」

「いや、無事でよかった。――本当によかった」

囁くように言うと、耀司は改めて翠を抱きしめ肩に顔を埋めた。口は最低に悪い兄だったが、本当はとても優しい。翠はちゃんと知っていた。

「ごめんなさい。それより、一緒にゴハン食べよう」

あっけらかんと言うと、兄は苛々と翠の髪をかき乱す。

「お前は天真爛漫《てんしんらんまん》っていうより、ただの能天気だな」

呆れたような、どこか安心したような声で言われて、思わず肩を竦めた。

「あとね、伯爵様の家の子に、友達になろうって言われた」

「家の子って、いくつのガキだ」

「ガキじゃなくて大人だよ。兄さんより、もうちょっと上」

「そいつ大丈夫か。イイ年して友達なんて、普通は言わないぞ」

「すごく品がよくて頭がよさそうで、それで優しいの。そりゃ、初めは怖かったよ。でも、ぼくに触れないように気を遣ってくれたんだ。友達になりたいって言われて、ぼくもなりたいなって思ったの。嬉しかった」

そう言うと耀司は、面食らったような表情を浮かべた。

「翠が俺以外の奴に思い入れるなんて、めずらしいな」

「思い入れ？　そんなのないよ。ぼく、おにいちゃんがいればいいもん」

「出たよ、幼児返り。『おにいちゃん』になっているぞ」

「あ」

笑われて気恥ずかしくなり、兄の胸に頭を擦《こす》りつけながら考える。おにいちゃん以外の人に思い入れ？　そんなの、あるわけがない。絶対ない。

――――ただ。

ただ、あの人の瞳が切なすぎるぐらい、きれいだったから。

きれいすぎて、ずっと見ていたい。そう思っただけだから。

だからだ。

□□□

伯爵家に行った数日後、ヴィクターから電話があった。

彼曰《いわ》く、付き合ってほしい場所があると言う。皆目、見当もつかない。

「車ですぐの場所にありますから」

そう言われて、ヴィクターが運転する車に乗ると、本当にすぐ到着する。看板もない、小さな教会だ。

「教会に何のご用ですか？」

「教会に用があるのではなく、その後ろの建物に用があるんですよ」

言われてみると、確かに教会の裏に小さな建物がある。高くない塀に囲まれたそこの庭では、子供たちが何人も遊んでいる。

「あ、ヴィクター！」

「ヴィクター、いらっしゃい！」

目ざとく見つけられたと思ったら、すぐに子供たちがヴィクターを取り囲んでしまった。びっくりしていると、彼は車のトランクから大きな紙包みを取り出した。

「あ、お手伝いさせてください」

「ありがとう。すぐ、そこだから」

ヴィクターは目の前の小さな建物の扉を叩いた。すると、すぐに初老の男性が顔を出す。身体が大きくて、ひげがモジャモジャ。岩のように逞《たくま》しく筋肉隆々なのが、Ｔシャツの上からでもわかる。とにかく、大きな人だ。でも、その目は優しい。

「ヴィクター、ようこそ」

「こんにちは、お邪魔します。こちらが佐伯翠。今日、手伝ってくれます」

「は、はじめまして」

突然の紹介に、緊張で顔が強張った。だが、男性はそんな翠を優しい目で見る。

「ようこそ、ストロベリーフィールズへ。私は所長のジョンソン・コリンズです」

ジョンソンは大きな手を、差し出してくれた。だが、翠はすぐに、怖いと思った。

他人の手に触れるの、怖い。

いつもの癖で失礼なことを考えてしまう。恐怖心からだ。

顔を強張らせてしまった翠を見ると、ジョンソンは何事もなかったかのように差し出した手を引っ込めてくれた。

「ここは、親を亡くしたり、理由があって親と一緒に住めない子供ばかりが住む施設です。だが施設といっても、皆で楽しくやっている、いわばホームです」

ホーム。家。

その言葉は、嫌な思い出をよみがえらせる。過去に施設に入っていたが、最後まで馴染むことができなかった。

入っていた施設を、悪魔の城と心の中で呼んでいたくらいだ。

ここにいる子供たちと翠は、同じような境遇だ。でも自分には、施設から連れて逃げてくれた耀司がいた。ここの子供たちは、誰も連れ出してくれない。

それでも、大きな身体をした優しいジョンソンがいてくれる。親はいなくても、ここは平和だ。

そう思うと、なんとなく幸せな気持ちになった。

「あの、ぼくは今日、何をしたらいいんですか」

「特別なことでなく、ただ、ここにいる子供たちと話をしてくれると嬉しいですね。何でもいい。昨日観たテレビの話でも、読んだ本の話でも。眠くなった子がいたら、そのまま寝かせてあげてください。背中をポンポンしてやると喜びます」

「はいっ」

背中ポンポンはできるかわからない、と思いながらも翠は楽しくなってきて、はりきった声で返事をする。そして簡単な説明のあと、プレイルームに連れてこられた。広い広間の中では、十人ぐらいの子供たちが、思い思いに遊んでいる。

だが、翠とヴィクターの姿を見て、ぴたっと遊ぶ手が止まった。

「さぁ、皆。お兄さんたちが遊びに来てくれたぞ」

大雑把な説明がジョンソンからされて、子供たちはキョトンとした顔をする。その次の瞬間、たたたたーっと一人の子供が走ってきた。

「おに、ちゃ！」

「え？　えぇと」

自己紹介もまだなのに、数人の子供たちが集まってきてしまった。

「おに、ちゃ！　おに、ちゃ！」と騒ぎ出す様子を見ると、翠の名前には興味がないらしい。遠慮のない子供が、手を伸ばして翠の服を掴もうとする。それだけで身体が硬直してしまった。

「わ……っ」

思わず、しゃがみ込みそうになってしまう。自分でも情けないと思うが、手を伸ばされるのが怖い。頭の芯が痺れるみたいだ。

触られそうになって竦んでしまうと、その時、脇から誰かが翠の前に立った。

「さて、今日は何して遊ぶのかな？」

目の前に立っているのは、ヴィクターだった。

事情を知らない子供たちは、キャッキャとはしゃぎ、ヴィクターの太腿にしがみつく。

「あのね、おえかき！」

「うん」

彼は数人の子供たちと一緒に、広間の中央に座った。そして、子供たちが画用紙に絵を描き始めると、ヴィクターは翠に手招きする。

「は、はい」

「彼らはしばらく創作活動に熱中するので、見守ってあげてください」

猛獣を手懐《てなず》けた調教師みたいな言い方でそう言うと、別の子供たちのところへと行ってしまった。翠が恐怖のために子供の対応ができないことを、見抜いてくれたのだ。

（ヴィクターって、すごい……）

子供たちのお絵かきに付き合っているうちに、ヴィクターはどうしているのかとチラっと見ると、彼は中学生ぐらいの女の子につかまっている。

ヴィクターから目を逸らし、幼児たちが描く絵に集中した。目の前に描かれていくのは、幾何《きか》学《がく》的な描線画だ。要するに何が何だか、わからない。

「ねぇ、これ、なぁに？」

「んとね、んとね、りんご！」

「林檎《りんご》かぁ。難易度、高いなぁ」

幼児たちは翠を取り囲み、思い思いに絵を描く。そのうちジョンソンが言っていたみたいに、うとうと眠り出す子も出てくる。

丸まった背中を見ていると、不思議とほっこりしてくる。こんな気持ちは初めてだ。

その子供たちの愛らしさに目を細めながら、ヴィクターと女の子のことが気になった。

それで、つい、ちらっと振り返ってみる。彼は何をしているのだろう。

すると、ヴィクターは真っすぐに自分を見つめていた。

先ほど彼に纏わりついていた女の子は、テキストの問題に一生懸命だ。その正面の椅子に座っていた彼は、視線だけをこちらに向けている。

いつから彼は、こっちを見ていたのだろう。

思わず見つめてしまうと、彼は翠に向かって、片手を挙げてくれた。

その姿を見たとたん、頬が熱くなった。どうして自分は、頬を赤らめているのか。それが恥ずかしくて、俯いてしまう。

それでも、すぐに視線だけヴィクターに戻すと、彼は口元に笑みを浮かべて頷いていた。

わかっているから、大丈夫。そんなふうに言われた気がして、さらに心臓がどきどきする。

おかしい。

もしかしたら自分は、変な病気になったのかもしれない。そうじゃなさゃ、同性の顔を見ただけで、胸がバクバクするはずがない。

「どうしよう」

思わず唇から洩《も》れた声を、そばにいた児童が聞いて首を傾げた。

「おに、ちゃ！　かおまっか！」

その言葉に他の子たちも「まっかぁ、まっかぁ！」と囃《はや》し立てる。子供は騒ぐチャンスを絶対に見逃さない。この時の翠は、いいオモチャ扱いだった。

「おに、ちゃ！　ヴィクタ－見て、顔真っ赤にした！」

絶妙のタイミングで言い当てられて、血の気が引く。

「や、やめて……」

とうとう両手で顔を覆ってしまった翠を見て、子供たちが皆で笑う。もちろん、その笑いの渦《うず》にヴィクターもいるだろう。それが恥ずかしくて仕方がなかった。

□□□

「おに、ちゃ！　またきてね！」

夕方になり、もうそろそろ食事の時間という頃になって、翠とヴィクターはようやく辞去することになった。

子供たちは元気に手を振り、二人を見送ってくれる。ジョンソンも、ニコニコしながら手を振ってくれた。特に何もしていないのに、「ありがとう」と言ってくれながら。

ストロベリーフィールズをあとにした二人は、しばらく車中で言葉がなかった。だが、口火を切ったのは翠のほうだ。

「今日は楽しかったです。いつも、ここに来ているんですか？」

「いつもというより、一か月に一度か二度ぐらいかな」

それでも、結構な頻度《ひんど》で来ているのだ。とても意外に思えた。

だって、ヴィクターなら友達と出かけたり、楽しいことがたくさんあるだろうに。

「なぜ子供たちの世話をしているのですか」

そう問うと、ヴィクターは目を細めた。

「少しでも彼らの気分転換になればと思って」

「気分転換？」

「ジョンソンは誠実で気のいい男ですが、いつも同じ顔を見ていると厭《あ》きるでしょう」

なんとも気負いのない返答がくる。

「親がいない子や家に帰れない子供たちが、他人に思えなくて」

「でも、ヴィクターは、あんな立派なお屋敷に住んでいるのに」

「確かに私は、恵まれた環境に生きています。でも、幼少時に親がいないというのは、言いようのない喪失感が拭えません。自分の存在が、ひどく頼りなく思えます。自分がなぜ生きているのか、自分も死んでしまうのか、そんなことばかり考えてしまいました」

「わかります。ぼくには、兄がいますが、働けないぼくを養うために、いつも仕事で疲れていて、家では寝起きのような顔をしています。でも、本当はすごくかっこよくて、ちょっと見惚れちゃうぐらいです。兄がいてくれたから、ぼくは生きてこられました」

その言葉を聞いて、ヴィクターは再び力強く頷く。

「お兄様を信頼し、愛しておられる。すばらしいことです。そんなふうに助け合える存在がいるなんて、本当に羨《うらや》ましい。あいにく私には兄弟がいませんが、話を聞いていると、ほのぼのして温かい気持ちになります」

思いもかけないことを言われて、翠は瞳を瞬いた。

「そんなふうに言ってもらったのは、初めてです」

「親がいない悲しみを味わったから、気持ちが理解できるのでしょう。同じ境遇ですから」

伯爵家の跡取りであるヴィクターと同じ境遇と言われて首を傾げたけれど、じわじわと嬉しくなってきて笑みが浮かぶ。

「はい。お揃《そろ》いです」

そう答えると、ぷっと笑われた。その微笑みに、自分が身の程知らずなことを言ってしまったと気づいて、慌てて付け足した。

「ごめんなさい。ぼくなんかと、お揃いなわけないですよね」

伯爵家の末裔《まつえい》である彼と自分が、そんな近しい間柄のわけがない。そう思って訂正をしたら、ヴィクターはクスクス笑っている。

「いいえ、お揃いって響きが可愛くて、気に入りました。私たちはお揃いです。ね？」

会話するうちに、車はあっという間に翠のアパートメントに到着してしまった。ちょっと残念な気持ちでいると、ヴィクターは車を停め、しばらく考え込んでいる。

「今日はありがとうございました。とても楽しかったです。でも、なぜぼくを誘ったんですか」

そう話しかけると、彼は瞬きをしてから、こちらを見た。

「きみが硝子の箱に飾られる人形のように淋しそうに見えたから、と言っては失礼でしょうか。それに、私も両親を喪って喪失感に苛《さいな》まれていた時、子供たちと触れ合って慰められたんです。もしかしたら、きみにもいい影響があるかもしれないと思って。こちらこそ、強引に連れ出したのに子供たちの相手をしてくださって、ありがとうございました。でも」

ヴィクターは翠の髪に、そっとキスをする。別れの挨拶だ。そして。

「また会ってくれますか」

「え？」

「今度は二人きりで会いたいんです。もし、よかったら」

真摯《しんし》な眼差しと囁きに顔が赤くなる。

「友達になりたいって言っていたのは、同じことですか？」

「ええ。そうです」

「……だってヴィクターとぼくじゃ、何もかも釣り合わないし。ヴィクターは伯爵様のお孫さんで、ぼくなんか……」

「身分なんて友達になるのに関係ありません。私は、ただのヴィクター。たまたま伯爵の家に生まれただけです。そして私は、きみが好ましく、友達になりたいと思いました」

古めかしい言い方で好意を示され、何と言葉を返していいかわからなかった。

「もっともっと話をしたいし、私を知ってほしい。きみをもっと知りたい。もっと近づきたい。だから会いたいのです」

繰り返された囁きは、胸の奥が熱くなる響きを帯びていた。

無意識のうちに頷くと、彼は満面の笑みを浮かべた。見惚れるような笑顔だった。

「ありがとう。とても嬉しいです」

完璧なクィーンズイングリッシュの言葉さえも、翠にとっては異国の言葉みたいだ。

この人は、どんな人なのだろう。

どうして彼は、こんなにも自分を乞うのだろうか。

思いすごし？　考えすぎ？　自意識過剰？　でも、――でも。

どうして彼の眼差しは、こんなにも心を揺さぶるのか。悲しいような嬉しいような、言葉にし難い感情が湧き上がるのか。

どうして。

3

結局ありきたりの挨拶をしたあと、次に会う約束をしてヴィクターと別れた。

「なんか、照れちゃったなぁ」

思わず洩れた独《ひと》り言も気恥ずかしい。翠は誰かと人間関係を築くことに、まったく慣れていない。それでも、ヴィクターのことが好きだと思った。

でも、誰かを好きになるってこと、あるのか。ぼくが、このぼくが。

十歳になったばかりで両親を失い、それからは兄と二人で生きてきた。監禁されているわけではないが、学校に通うことができない。それならばと図書館で勉強をするだけの日々。

だから、誰かに接近したりすることもなかった。

ヴィクターは翠を守る垣根を一気に取り去り、翠のことを捕《とら》えようとしている。怖くないと言ったら嘘だけど、だからこそ心が疼《うず》く。そんな自分は、おかしいのだろうか。

そんな気持ちに戸惑いながらアパートメントの階段を上ると、廊下から人の話し声がする。

(兄さん?)

だが、耳に飛び込んできたのは、耳を疑うほど鋭い声だ。

聞き慣れた兄のものなのは間違いないけれど、今まで聞いたことがない声音だった。

翠が階段を上り廊下に出ると、見知らぬ男と耀司が自室の前で言い争いをしていた。

「ヨウジ！　どうして私を避けるんだ。前はもっと会ってくれたのに！」

「タダで相手してもらおうと思っているのなら、お門違《かどちが》いですよ。こんなところまで押しかけてくるなんて、迷惑以外の何ものでもないですね」

「金なら払う。私はヨウジと会いたいんだ！」

男はそう叫ぶと、兄の襟元を摑み上げた。反射的に飛び出すと、男を睨《にら》みつけて大声で叫ぶ。

「あなたは誰ですか！　警察を呼びますよ！」

突然、翠が出現したために男は気を削《そ》がれたのか、足早に階段を下りて行った。

だんだん遠くなっていく足音を聞いていると、身体が震えてくる。耀司はそんな翠の肩を抱いて、部屋の扉を開いた。

「とにかく、中に入ろう」

部屋に入ると、兄は鍵を閉めた。施錠の音、チェーンをかける音を聞いていると、ようやく安堵の溜息が洩れた。

「悪かった。助かったよ」

耀司のその言葉に安心するよりも、不安のほうが強くなる。

「兄さん、怪我《けが》はない？　あいつは知っている人なの？」

矢継ぎ早に尋ねると、耀司は困ったように笑う。

「知らない奴だよ。いきなり絡まれたんだ。酔っ払いみたいだったし」

「酔っ払い？」

「すごく酒臭かった。それに、呂律も回ってなかったし。物騒だな」

嘘だ。

男は兄に向かって「ヨウジ」と言っていた。はっきり聞こえた。

二人は知り合いなのだ。そして、それを翠に知られたくないと思っている。

「とにかく、あんな時に飛び込んじゃダメだぞ。危ないから」

場を取り繕《つくろ》うように耀司が話しているのを、翠は上の空で聞いていた。

兄は何か、仕事先でトラブルを抱えているのではないか。心配になって尋ねても、はぐらかすだけで、何も言ってくれないのはわかっている。

嫌な気持ちがした。ただの友人関係のいざこざならば、こんな誤魔化しはしない。耀司は、何かを隠している。言えないことがあるのだ。

努めて明るく振る舞う兄を見ていると、不安と嫌な予感が綯《な》い交ぜになった。そしてその不安は、奇妙な形で現実になってしまう。

□□□

不審者と遭遇してから、周りでおかしなことが続いた。集合ポストに入っていた手紙が全部、開封されていたのだ。

「え？」

封が切られた手紙を見て、唖然とする。その郵便物を持って階段を駆け上がり、自分の部屋に飛び込んだ。心臓がどきどきいっていた。

誰が、こんなことをしたのか。

翠も耀司も施設から逃げ出してからは、友人もいない生活を送っている。私信などは来ることもない。電気代や水道代の請求書くらいだ。

こんな請求書の封を切るなんて、誰がしたのだろう。

耀司の部屋に行くと、まだ眠っている兄を揺すり起こす。

「兄さん、兄さん！　起きてよ！」

「何だよ。俺は朝方に帰ってきたんだぞ」

「起きて！　今、郵便を取りに下のポストに行ったら、郵便物の封が全部、開かれているんだよ、こんなのおかしいよ！」

早口に状況を説明し、開封された請求書を兄のベッドに置いた。

「ほら、四通とも全部が開封されている。警察に行ったほうが」

そこまで言った翠の口を、耀司が塞《ふさ》いでしまった。

「お前は俺たちの立場を、わかってないだろう」

「立場って」

「未成年が保護者もなく、学校も行かず、アパートメントを借りて暮らしている。警察なんかに行ったら、その場でお前は保護されて施設に逆戻りだよ」

そう言うと起き上がり、ベッドの上に散らばった手紙を手に取った。しばらくの間、調べるように封筒に触れていたが、まとめてサイドテーブルに置く。

「気のせいだ」

「えぇ？」

「封筒の糊《のり》が緩かったか、雨に降られたのか。とにかく、こんなことで騒がなくていい。別に、大したことじゃない」

そう言って耀司は毛布を頭から被ってしまった。

「兄さん、起きてよっ！　大したことがないわけないよ！」

すると耀司は被った毛布から顔も出さず、面倒そうな声を出した。

「うるさい。お前は俺と離れて施設に戻りたいのか？　そうじゃないなら黙っていろ」

その言葉に、ピタッと静かになる。手が震えているのが、自分でもわかった。

絶対に、兄と離れたくない。この生活を続けたい。学校に行けなくてもいい。施設なんか戻りたくない。自由でいたい。

それに、施設には悪魔がいる。

翠を頭から喰《く》らい尽くす、怪物がいるんだ。

「……わかった」

ぴたりと口を閉ざすと俯き、泣きそうになる気持ちを鎮《しず》めた。

自分は耀司と離れては、生きていけない。一人では、生きる価値がない。

生きている値打ちがないから、だから悪魔が、毎晩やってきた。

悪魔が、自分を、ばりばり、食べちゃう。

そう考えた瞬間、言いようのない悪寒が身体中を襲った。

『さあ、行こう。俺たち二人で暮らせる世界に！』

耀司はそう言って翠の手を引っ張ってくれた。そして悪魔の住処《すみか》から、連れ出してくれたのだ。

昏い施設から連れ出してくれた兄は、かっこよかった。すごくかっこよかった。

「うるさくして、ごめんなさい。だから嫌わないで。おにいちゃん……、嫌わないで」

泣きそうな声で「おにいちゃん」と言ったのを、どう思ったのか。

耀司は毛布から顔を出すと、翠の頭を撫でた。

「泣くな。俺が言いすぎたよ。ごめん」

そう囁くと強く抱きしめてくれた。

そうされて初めて、自分が涙を流していたことに気づく。

「俺がお前を嫌うわけがないだろう。間違っても、あの施設に戻すことはないよ」

乱暴に髪を撫でられて、涙が寝具の上にボタボタ落ちる。耀司は面倒そうに翠を抱きしめると、毛布でくるんでくれた。

その時、唐突に過《よぎ》った面影は何の関係もない、あの美しい人だった。

あの人に会いたい。ヴィクター、あの人に会いたい。

別世界の人だけど、もう一度だけでいいから会いたい。

□□□

その数日後、翠が図書館に行っている間に、大事件が起こった。今度は誰かが侵入し、兄の部屋が荒らされていたのだ。

「これ、今度こそ警察だよね。だって、明らかに誰かが侵入したんだよ」

きちんと揃えておいた棚が荒らされ、手紙類が中を調べられていた。不思議なことに、金品にはまったく手をつけられていない。

執拗《しつよう》とも思えるほどに、手紙に執着しているように見えた。だが、被害がないといっても、すぐに警察に届けるべきだ。そう言った翠に、耀司はまたもや動こうとしない。

「この間も言っただろう。お前、施設に戻りたいのか」

またた。また兄は、警察に届けることを拒んだ。こんなふうに家の中に侵入されているのに、警察を拒んでいる。

「兄さん、もしかしたら誰が侵入したか、わかっているの？」

そう訊いてみると、兄から返答はなく困ったような表情を浮かべている。いつもの彼なら、「そんなもの知るか」と即答するはずなのに。

「俺が何とかするから、警察に届けるのは待ってくれ」

犯人を庇《かば》おうというのだろうか。煮えきらない兄に、つい声が大きくなってしまう。

「兄さんは、何を隠しているの」

耀司の服にしがみつき、長身を見上げるようにして言い募《つの》る。

「犯人は、この間、兄さんに摑みかかっていた男だよね。あいつが部屋の中に入って、ぼくたちの家を荒らし回ったんだ！　何があったの。あいつは、あの男は、どうしてここまで執念深いんだ。兄さんとあいつは、どんな関係なの。ぼくには言えないこと？　ぼくは、そんなに信用がない？　信じてよ、ぼくを信じて」

その真剣さに誤魔化しはきかないと悟ったらしい耀司は、ソファに座り込み、しばらく無言だった。だが大きな溜息をつくと、訥々《とつとつ》と話を始める。

「両親が亡くなって、預金通帳を見た。うちは貯金がゼロだった」

初めて語られる耀司の話は、あまりにも衝撃的なものだった。両親の死後、家に貯蓄がまったくないと判明し、早々に借家からの退去を余儀なくされた。

「俺はまだ子供で、翠はもっと子供で。施設に入ったけど俺はお前の手を取って、逃げ出した。覚えているか？」

「なんとなく」

正直に言うと耀司は笑った。

「なんとなく、か。お前、呑気《のんき》だな。まぁ、らしいけど」

そう言って翠の肩をポンポン叩く。その優しい手が、言いしれないほど悲しく思えて、唇を噛んだ。もどかしいと思った。

自分がいたから。自分みたいな足手まといがいたから。

それなのに耀司は、笑みを浮かべながら話をする。それが苦しく物悲しい。

耀司だって親が死んでしまった時、まだ十六歳だったのだ。

「悲愴な顔をするな。聞くのがキツイなら、話はここで終了」

突然そんなことを言われて、慌てて兄の服を握りしめる。

「だ、ダメっ。ちゃんと聞かせて。ちゃんと教えてよ」

駄々っ子のように言い募ると、耀司は困ったような表情を浮かべた。

「俺たちは逃げ出してロンドンに到着したけれど住むところはおろか、今日食べるパンさえ手に入らなかった。そうしたら、お前が熱を出しちゃってね。病院に行くには金がない。日雇いをいくつも回ったけど相手にされない。子供が雇ってくださいって頼んでも、ふざけるなと言われるのが関の山だ」

耀司があちこち歩いて仕事を探していた時、見知らぬ紳士に声をかけられた。

「ボク、仕事を探しているのかい。なら、おじさんがお金をあげるよ。おいしいものも食べさせてあげよう。さぁ、こっちにおいでって」

そこまで聞いて、世慣れていない翠でも兄が言わんとすることを理解する。ぞっとして、自分の身体をかき抱く。

「それって、それってあの」

「そう。売春ってやつ」

「ばいしゅ……」

その言葉を聞いて、絶句してしまった。

「接触恐怖症のお前には、ハードな話題だよなぁ」

耀司はそんな弟の背中をポンポン叩く。

「もらった金でパンと林檎を買って安ホテルに戻ったら、寝込んでいたお前が嬉しそうに笑った。熱で顔が真っ赤で本当につらそうなのに、にこにこ笑ったんだ。天使みたいだった」

「兄さん、――兄さん」

泣きそうな顔になった翠を、兄は困った顔で見ていた。

「俺は、身の穢《けが》れを天使にすべて許された気持ちになった。その金の残りで、アパートメントも借りられた。だから、俺は後悔していない」

聞いているのがつらい。思わず俯くと、耀司は翠を抱きしめてくれる。

「じゃあ工場に勤めているって言っていたのも、嘘なんだね」

「そう。夜勤は苦し紛れの嘘で、本当は男娼専門の売春宿で仕事をしていた。シャワーを浴びてから帰宅しているのは、こういうワケ」

言われて初めて、兄の行動の不可解さがわかった。

どうして勤務先の名前も電話番号も、教えてくれないのか。どうして夜勤明けなのに、石鹸の香りをさせているのか。

どうして眠ることができず、睡眠薬を服用しているか。

全部、自分のためだった。

翠を食べさせるため。翠を施設に戻さないため。翠を。翠を。翠を。

自分は疫病神《やくびょうがみ》だ。

呑気に兄と一緒にいたいだの、大好きだの、そんな愚《ぐ》にもつかないことを言って、耀司を縛っていたのは自分だった。

「ごめんなさい」

「お前が謝る必要は、どこにもない」

「だってぼくが、ぼくがいたから。ぼくが……一緒に暮らしたいって言ったから、だから」

だから兄は身体を売ったのだ。男に。男相手に。

「それなのに、ぼくは何も知らないで、おにいちゃんに文句ばっかり言って」

「お前は本当に面倒だな」

耀司はそう言うと、翠の頭を抱え込んでしまった。苦しい。でも、これは幸福な苦しさだ。兄がいるから。耀司がいてくれるから。

失いたくない。兄がいてくれるこの幸福を。

「お前が接触恐怖症になったのは、施設にいた所長が原因だ。あいつは本物の下衆《げす》野郎で、小さな子供に変態行為を強要する、ペドフィリアって奴だった。そのクソ野郎の好みに、お前はドンピシャだったらしい」

パラパラと欠片《かけら》が頭の中に降ってきた。その欠片は身体の中に、澱《おり》のように溜まっていく。どんどん重なって、溢れそうだ。

(声を出すな)

(ちょっとの間、おとなしくしていろ)

(騒いだら、殺す)

はっきりと記憶が戻ったわけじゃない。でも、覚えている。普段、見せていた顔とは、まったく真逆の下卑《げび》た顔。荒い息遣い。赤いバスローブ。押しつけられた性器。

――――どうして忘れていたんだろう。

そうだ。あれは施設の所長だった男。所長といっても、ストロベリーフィールズのジョンソンみたいな、真面目な男じゃなかった。

いつも金の計算ばかりして、ヒステリックな男だった。そいつに触られると、気持ち悪くて仕方がなかった。

そうだ。あいつがぼくの服を脱がせ性器を握り込んだ時、気持ち悪くて吐いた。あいつは大声を出して、汚い言葉で罵《ののし》った。怒鳴りながら部屋を出て行った。

「もういい。もう考えるな」

いきなり声がして、ハッと顔を上げた。そこには、真剣な面持ちの耀司がいた。

「悪かった。いきなり言いすぎた」

「ううん、ぼく、どうして忘れていたのかな」

毎夜、毎夜。翠が男にいたずらをされていると知って、耀司は激怒した。まさか幼い弟が、そんな目に遭《あ》っていたなんて、予想もしていなかったのだ。

「だから施設を飛び出す前に、あいつを殴った。多分、顎が折れたと思う」

息が止まりそうになった。暴力を振るったのも、翠のためだ。この人は自分のために、どれだけ辛酸《しんさん》を嘗めてきたのか。

何もできない弟のために。

「ぼくは兄さんに幸せになってほしい」

そう言うと、翠の頭を抱えてヨシヨシしていた耀司が、顔を覗き込む。

「唐突だな」

「ちゃんと聞いて。ちゃんと話をしたい」

弟の真剣さに押されたのか、兄は手を離して座り直した。翠もそれに倣《なら》って、ちゃんと座り、耀司の目を真正面から見つめる。

「ぼくね、兄さんがつらい思いをしているのに、自分だけ幸福になんてなれない。兄さんと一緒に、穏やかな生活をしたいんだ」

「ああ」

いつもと違う毅然《きぜん》とした翠に、耀司は真面目な顔で返事をした。

脳裏に過ったのは、図書館で読んだ『売春は最古から存在する究極の職業』という一文だ。

仕事がなく、それでも金を稼がねばならない時、女性は自らの性を売る場合もある。誰も好きこのんで、見知らぬ男なんか相手にしたくない。

だが、それしか稼ぐ手段がない時、人は終極《しゅうきょく》の選択をする。

お金だ。お金がないから、どうしても必要だから、してはいけないことをする。

「あのね」

翠はようやく重い口を開いた。

「兄さん、今まで食べさせてくれて、ありがとう。本当にありがとう。でも、身体を粗末に扱う仕事はしちゃいけない。もう、終わりにしよう」

「別にいいんだ。俺だって、もう十六歳じゃない。真っ当に働こうと思えば、働ける年齢なんだ。金がいいから、つい続けてしまったけれど、翠が気に病むことはない」

「変な奴に付きまとわれる危ない仕事は、もうしないで！」

話を遮《さえぎ》る翠の鋭い声に、耀司は眉を寄せる。そして「悪かった」と呟いた。

「あいつは、ちょっと変わった奴だけど、翠に危害を加えるようなことはしないと思うんだ。あいつの目的は俺だけだから」

その一言を聞いて、頭の中が沸騰《ふっとう》しそうになった。この人は何を聞いていたのだ。自分が言いたいのは、そんなことじゃない。

耀司が心配だ。耀司を苦しめたくない。耀司に幸せになってほしい。願いは、それだけなのに。

「ぼくのことなんか、どうでもいいんだ！」

耀司が驚いたように瞳を瞬かせる。こんな声を聞くとは、思わなかったらしい。

「兄さんが心配なんだ。兄さんが誰よりも大事なんだよ。いい暮らしなんか必要ない。二人なら、どこにいても幸せになれる。兄さんをこれ以上、犠牲にしたくない！」

どんなに貧しくてもいい。耀司一人につらい思いをさせるのが嫌だ。

整理しきれない感情は涙になって翠の頰を伝う。その滴《しずく》は、ぼたぼたとシャツを濡らした。

耀司は本当に困りきった表情で、翠に手を差し伸べてくる。

「わかった。よくわかったから、もう泣くな」

ぼたぼた流れる涙は止まらない。自分が何を言っても、この人には届かないのだ。

でも、届かなくさせたのは自分。耀司が身体を売る理由は、翠なのだ。

泣いている弟を、兄は困ったように大きな溜息をつく。そして、面倒そうに話し始めた。

「俺は学校に行っていないし、普通の仕事をしたことがない。だけどな」

その言葉を聞いて、翠はガバッと顔を上げた。

「そんなの、どうとでもなるよ！　兄さんは頭がいいもの」

「頭がいいとか悪いとかじゃなくて、仕事が見つかるか見つからないかだ。貧乏になるだろうし、住むところも替えなくちゃいけなくなるだろう」

「そんなの、大丈夫に決まっている！　ぼく、贅沢《ぜいたく》に興味ないから！」

必死で言い募ると、兄は仕方がないなぁと溜息をついた。

「……わかった。そこまで言うなら、仕事を替えるよ。貧乏を覚悟しろよ？」

そこまで言った耀司に、ぎゅっと抱きついた。

「おい、重いよ」

そのふざけた物言いにも顔を上げず、兄の首にしがみつき続ける。

「それでもいい。普通の暮らしをしよう。それが幸せなんだ」

耀司はやれやれといったふうに顔を上げ、小さな溜息をつく。その表情は見ていなかったが、兄が困ったあげく自分をなだめるために、仕事を替えると言ってくれたのは何となくわかった。

でも、それでいいと思う。

とにかく、兄の秘密がわかり、その仕事を辞めてもらえると言質《げんち》を取ったのだ。

翠は兄を抱きしめながら、深い溜息をつく。安堵の吐息だ。

これから兄と真っ当な生活を手に入れる。

その予感に震えながら、幸せに微笑みを浮かべた。

応募用紙

CROSS NOVELS《クロスノベルス》 創刊15周年フェア

〒□□□□□□□

住所　都道府県

名前　年齢　歳　性別　女・男

Tel　Mail 携帯 PC

職業　・学生　・会社員　・主婦　・フリーター　・その他（　　　）

※ご記入いただきました個人情報はプレゼントの発送以外の目的には使用いたしません。

応募券貼付	応募券貼付	応募券貼付

1　必要事項、アンケートを記入し、この応募用紙に応募券を貼り付けご応募ください。
（※応募用紙、応募券はコピー不可です。）

2　郵便局備え付けの「払込取扱票」に応募者様の住所・氏名・電話番号を記入、通信欄に［**クロほん**］と記入し４００円をお支払いください。
（※払込の際の手数料は応募者様のご負担になります。予めご了承ください。）

口座番号　00130-9-75686　**加入者名**　株式会社　笠倉出版社

3　払込受領証（原本）を応募用紙の指定の場所に貼り付けし、送料分の切手を貼った封筒に入れ、下記宛先までご郵送ください。（※受領証はコピーを取り、小冊子が届くまで保管してください。）

宛　先　〒110-8625　東京都台東区東上野２丁目８番７号　笠倉ビル４F
株式会社 笠倉出版社　クロスノベルス
「クロはん」係

締め切り　2018年1月末日消印有効（小冊子に関するお問い合わせは2月1日以降でお願いします。）

発　送　2018年3月上旬頃より順次発送予定

|注意|・封筒１通につき１口の応募のみ有効です。
・入金金額の不足、及び記入漏れなどの不備があった場合は無効になる恐れがございますのでご注意ください。
・応募いただいた個人情報は当企画以外で使用いたしません。

ここに受領証をお貼りください

CROSS NOVELS《クロスノベルス》 アンケート用紙

この本についておうかがいいたします

この本を購入した理由にチェックをつけてください（複数回答可）

購入書店［　　　　　　　　　　　　　　　　］
タイトル［　　　　　　　　　　］（※通販での購入の場合はネット書店名をご記入ください）

□著者が好き　□イラストレーターが好き　□あらすじを読んで　□クロスノベルスだから
□カップリングが好み　□シチュエーションが好み（　　　　　もの）　□装丁に惹かれて
□15周年フェアの対象だったから　□その他（　　　　　　　　）

フェアにお申込みいただいた理由を教えてください

□好きな作品があったから（作品名：　　　　　　　　）
□好きな作家がいたから（作家名：　　　　　　　　）
□好きなイラストレーターがいたから（イラストレーター名：　　　　　　　　）
□その他（　　　　　　　　）

新刊情報をお知りになるのはどの媒体が多いですか？

□書店　□公式 HP　□Twitter　□ブログ　□ネット書店　□その他（　　　　）

BL小説・漫画を月に平均何冊くらい読まれますか？

小説（　　　　）冊　／　漫画（　　　　）冊

今後、登場してほしい作家さん、又はイラストレーターさんはいますか？

（　　　　　　　　　　　　　　　　）

好きなジャンルがあれば教えてください（複数回答可）

□ケモミミ　□子持ち　□花嫁　□ラブコメ　□シリアス　□ビッチ　□年の差
□年下攻め　□オメガバース　□その他（　　　　　　　　）

今後クロスノベルスに希望、要望などあれば教えてください

（　　　　　　　　　　　　　　　　）

この本のご感想、メッセージをご自由にお書きください

ご協力ありがとうございました

4

兄と話をしてから数日、ずっと考え込んでいた。

耀司は仕事を辞めてくれると言ったが、すぐには辞めないでくれと店主に言われ、まだダラダラと店には出ている。

何しろ、この先は仕事の当てもない。蓄えなど、すぐに底を突くだろう。

もし仕事を辞めたあと、貯金がゼロになったら。兄はまた危険な仕事をするかもしれない。そうさせないためには、自分も働かなくてはならない。

「そうだよ。図書館に行っている場合じゃない」

部屋に置いてある新聞を開いてみる。中に挟まっている求人情報が目当てだ。だが、十代の外国人、しかも身元保証人のいない翠ができる仕事はない。

「こういう広告じゃなくて、直接募集しているお店や工場に行けば、仕事があるかも」

そうと決まれば、善は急げだ。でも。

「ぼく、スーツとか持ってないんだった。……しょうがない。普通の恰好でいいや」

そう呟いて、白のシャツに黒のスラックス、それにコートを羽織《はお》る。ヴィクターの家でクリーニングしてくれたコートだ。羽織ると、ふわぁっといい香りがした。

「いい匂い」

目を閉じて香りを嗅《か》いでいると、何だかヴィクターがそばにいるみたいだ。そういえば彼自身からも、こんな香りがしていた。

「あ、ダメダメ、ボケてちゃダメ。仕事を探しに行くんだから」

今日は耀司が休みの日だから、起こさないようにそーっと家を出る。まだまだ仕事を辞められない兄を、何としてでも退職させたい。

家を出ると、下町と言われる地区に足を伸ばした。こういうところなら、求人が多そうな気がしたのだ。夕方の時間帯はシャッターが半開きの店も多い。

とりあえず求人募集の貼り紙がしてある店を見つけて、恐る恐る店の中を覗いた。

「すみません、表の求人なんですが」

頼りなく細い声を出しながら、店の入り口から声をかけてみる。するとカウンターの奥にいたスキンヘッドの男が、翠をじろっと見た。

「水商売の経験者を募集しているんだ。子供は帰りな」

無下《むげ》に言われて、とりつく島もなかった。水商売の経験がないから、相手にされないのは当然だ。一から人に教えるほど、みんな暇じゃない。

「だめだったら次の店。本当に飲み屋がたくさんあるんだなぁ」

どのビルにもバーが入っている光景は、生まれて初めて見るものだ。きっと、どこかの店で、受け入れてもらえるに違いない。

だが、それが甘い考えなのは、すぐにわかった。

どこの店も経験者を募集していること。体力がある、体格のいい成年男性を求めていること。未成年はお呼びじゃないこと。

求人はある。でも、自分は求められていない。正しくは、何の技量も持たない、経験も体力もない、そんな子供は誰も雇ってくれない。

これが現実だ。

何だか情けない気持ちになってくる。下手をしたら泣きそうだ。ぐっと唇を噛みしめ、顔を上げた。泣いちゃダメだ。泣いている場合じゃない。肝《きも》に銘《めい》じろ。

耀司も六年前、同じ思いをしていたに違いない。

熱を出した弟を抱えて、誰にも頼れず、見知らぬ街中で仕事を探していた兄は、心細くて泣き出しそうだったろう。

だから手を差し伸べてきた男の手を、取ってしまったのだ。

そんな思いを耀司にさせてしまったのは、自分だ。だから今度は、自分が兄を助けたい。

何軒も店を回って、断られ続けた。どんなに理想を掲げても、歩き疲れて気持ちが萎《な》える。足が棒のようになってしまい困っていたその時、小さな公園を見つけた。

ベンチに座り休んでいると、隣に誰かが座る。

ハッとして顔を上げると、平凡な中年男が顔を覗き込んできた。

「ずっと見ていたよ。きみ、仕事を探しているんだろう」

見ず知らずの男に囁かれて、身体が震えた。この人は、何を言っているのだ。

「可愛いいね。どこかに行こうか。金が欲しいんだろう」

下卑た言葉を浴びせられ逃げ出そうとした瞬間、いきなり右手を掴まれた。一瞬にして、鳥肌が立つ。怖くて脚が震えた。

「は、……放してください……っ」

男を振り払おうとしても、力が強すぎる。

「大きな声を出すな。痛い目を見たいのか！」

語気の荒さに、鳥肌が立つ。男のベタつく手に、ゾッと寒気がする。次の瞬間、身体の力が抜けそうになった。この人に触られたくない。

だが、さらに強く手を引っ張られ、バランスを崩し男の胸に倒れ込んだその時。

「私の連れに、何かご用ですか」

その声に涙目になっていた顔を上げると、そこにはヴィクターが立っている。

「ヴィクター！」

どうして彼が、こんなところに。

男はヴィクターの出現で気を削がれたのか、舌打ちをして去って行く。

地面に座り込んでしまった翠を助け起こそうと手を伸ばしかけて、彼は一瞬動きを止めたあと、その手を引っ込めた。そして少し苛立ちを含んだ声を出す。

「こんなところで、何をしていたんですか」

「……こ、こんなところって」

「場末の、筋がよくない場所という意味です」

確かに下町の、酒場が並ぶストリートではあるが、どうしてヴィクターは、こんなに気分を害しているのだろうか。

「あの、仕事を探していて、それで……」

「仕事？」

しどろもどろに言い訳をすると、ヴィクターは胡乱《うろん》げな眼差しを送ってくる。

「人に触れられたくないきみが、あのような場所で仕事をするつもりですか。お上品な客ばかりではありませんよ」

そう問われて口ごもる。確かに彼のように上流階級の人間には、縁のない場所だろう。

「ヴィクターだって、こんなところで何をしているんですか」

「私は友人との付き合いで、引っ張り込まれました。でも、もう帰るところです」

ヴィクターみたいな貴族でも、一般大衆の酒場に入るのかと思ったが、友人との付き合いなら、そういうこともあるのかもしれない。何しろ彼は、翠にさえ友達になろうと言ったのだ。いろいろなタイプの友人がいるのかもしれない。ムキになった自分が恥ずかしかった。

「もしかして、緊急に金銭が必要なのですか」

「え？」

普通ならば仕事を探すのは、金が必要だからに決まっている。だが翠の事情を承知しているヴィクターからすると、わざわざ接客業を選ぼうとしているのは、翠が緊急事態に陥《おちい》っているのではないかと、危惧《きぐ》しているようだ。

ヴィクターの真摯な眼差しを見ているうちに、ついに自分のことを話す気になった。美しい瞳にもはや怒りの色はなく、心配してくれているのだとわかる。翠はベンチに座り直すと、小さな溜息をつく。

「緊急ではないけど、なるべく早く働きたいと思っています。兄が仕事を辞めるので、その代わりに、ぼくが仕事をしたいと思って」

「ご両親が事故で亡くなられたあと、お兄さんがずっと面倒を見てくれていると伺いましたが」

前に話していたことを、覚えてくれている。そのことが、ものすごく嬉しかった。

それだけで、何だか胸の奥が温かくなるみたいだ。

「兄は長年、ぼくを食べさせるために、きつい仕事をしていました。今度は、ぼくが働く番です。兄は恩人です。兄に楽をしてもらいたい」

それを聞くとヴィクターは複雑な表情を浮かべている。

「きみは、お兄様を愛しておられる。心の底から。――――妬《や》けますね」

「妬ける？　ぼくは兄がいなければ、生きていません。それだけじゃなく、兄が大好きなんです。あの、ぼく、何か変なことを言いましたか」

「いいえ。翠らしくて、とても素敵です。話を戻しましょう。失礼だが外国人で未成年のきみを、雇うところはありません。あるのは無許可で営業する、いかがわしい店だけです。そういうサービスのお店で、翠は働けるのですか。触られたらどうするんです？」

きつい言葉だが、確かにそのとおりだ。改めて言葉にされて、ショックを受ける。

ヴィクターも言いすぎたと感じたのか、口元を押さえている。その時、目に入った美しい指先は、彼の出自が特権階級だと明かしていた。

（きれいな指……）

翠自身も労働などしたことがないから、なめらかな指をしている。だけど、ヴィクターとは決定的に違うと思った。きっとヴィクターの身体は爪の先まで手入れをされているのだ。

こんなふうに何気ないところから、彼との違いを思い知る。本当にヴィクターは、自分とまったく違う世界を生きているのだ。

「お兄さんは、何の仕事をしているのですか？」

自分の思いに耽ってしまっていて、いきなり質問をされて口ごもってしまった。

即答できずに黙ってしまうと、何かを察したらしい。

「まだ大人でない翠が、お兄さんの代わりに働く。その理由は何ですか。きっと深い事情があるのでしょう。どうか教えてください。どんなことでも、受け止めます」

「ど、どんなことでもって、そんな」

「私たちは友達でしょう？　翠を苦しめ悩ませていることを、私は共有したい。そして解決策を一緒に模索したい」

真摯な囁きは、あまりにも魅力的すぎた。自分が抱えているものが、あまりに重すぎたからだ。いっそ、何もかも吐露《とろ》してしまいたい誘惑にかられた。

ヴィクターに甘えて泣き言を言えば、自分の気持ちは楽になる。でも、それだけだ。事態は何も変わらない。それどころか、翠が酒場をうろついていただけで気分を害している彼に、兄の職業を理解して受け入れることができるのだろうか。

場合によっては、翠と友達になりたいという言葉さえ、撤回《てっかい》されるかもしれない。

こんなつらい状況で、さらにヴィクターまで失ってしまったら、耐えられない。

翠はヴィクターから一歩、距離を置いた。

「もう、いいんです」

「どういう意味ですか」

「ヴィクターはすごくお金持ちだから、お金がない人の気持ちは、わからないと思います。誰もが余裕があるわけじゃない。ぼくはお金のためなら、ちょっとぐらい触られたって……っ」

泣きそうな気持ちで、かぶりを振る。自分は何を口走っているのだろう。ヴィクターを失いたくないと思いながら、彼を拒絶するような言葉を口にしてしまっていた。

「ごめんなさい。何でもありません」

耀司は一人で頑張《がんば》ってきた。ずっと砂を嚙む思いをしていたに違いない。それなのに自分は仕事が見つからないからと、ベソをかいて他人に八つ当たりをしている。

男のくせに。なんて莫迦《ばか》なんだろう。

自分は、いつも、みっともないところを見せている。

羞恥《しゅうち》のために感情が整理できなくて、涙が出てきた。それがとても、恥ずかしい。

目元を涙で濡らす翠をどう思ったのか、ヴィクターは小さく溜息をついた。

「話を戻しましょう。アルバイトの件ですが、やはり、ああいう場所は翠にふさわしくない。よかったら斡旋《あっせん》したい話があります。今から面接に行きませんか」

「なぜヴィクターがそこまで」

「きみが心配だからです」

ヴィクターはそれ以上のことは何も言わず、翠を通りのほうへと促した。公園のすぐそばの車道に、見慣れた車が駐車してある。

「どうぞ乗ってください」

戸惑《とまど》っている翠を構わず乗車させると、彼は車を発進させ、運転を始めた。

「斡旋したい仕事というのは、ある方の話し相手です」

「話し相手？　そんな仕事、あるんですか」

「上流階級では、めずらしい話ではありません。ただし、その方は恐ろしいほど厳格で、とても気難しい。かなり意地が悪いし人嫌いですが、給金は破格です」

ヴィクターがそこまで言うなんて、よほど厄介な人なのだろう。でも。

耀司は今まで泣き言ひとつ言わずに、嫌な仕事をしてお金を稼いでくれた。今度は自分の番だ。どんな思いをしてもいい。兄を自由にしたい。

「やります！　頑張りますから、ぜひ紹介してください！」

「では、行きましょう」

ほどなくして以前も見たリットン伯爵邸へ到着すると、すぐに大きな門が開かれる。いつかと同じ門番が出てきて車に向かい、頭を下げた。

ヴィクターは門番に軽く手を挙げて挨拶すると、すぐに敷地内に車を乗り入れる。屋敷に向かっている最中、どきどきは治まらなかった。

時間が経つにつれ、恐怖心が増していく。「破格の給金」というヴィクターの言葉に釣られてしまったが、自分は本当に大丈夫だろうか。

車はすぐに屋敷へと到着する。ヴィクターは車を停めたが、降りようとしない。

どうしたのだろうと様子を窺《うかが》っていると、小さな溜息が聞こえた。

「引き返す気になりましたか？　話し相手だけではなく、その方に触れたりしなくてはいけない場面もあるかもしれませんよ」

改めて訊かれて、反射的に「いいえ！」と答えた。

「いいえ、ぼくは気が利かないけど、お話し相手を頑張ります。触れるのだって」

不安から、だんだん声が小さくなってしまった。

「健気《けなげ》な心がけですね。そんなにお兄さんが大事ですか」

「それは、もちろんです。ぼくにとって兄は、太陽にも等しいんです」

話を聞いているだけで、冷や汗が出る。多分、顔色は真っ青だろう。

そんな翠をどう見たのか、ヴィクターは片眉を上げ、複雑な表情を浮かべている。

「面接を取りやめましょうか？」

その一言を聞いて、思わず頷いてしまいそうになった。だけど次の瞬間、耀司の顔が脳裏によみがえる。もう売春を辞めさせたい。

「いいえ、いいえ、――いいえ！　お伺いします。いえ、ぜひ伺わせてください」

必死の思いで叫ぶと、ヴィクターは柔らかな銀髪をかき乱した。

「参ったな。相当なブラコンだ」

「え？」

「いいえ、こちらの話です。では、行きましょう」

いよいよ偏屈で神経質な方に会うのだ。しっかりしなくてはならない。

だが、不安な気持ちは拭えない。動けないままでいるとヴィクターが車を降りて、助手席側のドアを外から開けてくれ、車から降りた。

「ヴィクター様、おかえりなさいませ。翠様、ようこそ、いらっしゃいませ」

執事のケインが、丁寧にお辞儀をしてくれる。それに会釈で応えた。

「ケイン、これから彼を真珠《しんじゅ》の間へ案内する。誰もついてこないように」

「かしこまりました」

彼の言葉に、改めて緊張が走る。忠実な執事さえも近寄れない人なのだ。

何より、ヴィクターのよそよそしい態度が胸に刺さる。

いつも優しく温かな瞳でいてくれた人が、まるで別人のようだ。

先ほど反抗的な態度を取ってしまったことを、謝るべきだろうか。しかし、何と言って謝罪したらいいのか。それさえもわからない。

自分は本当に、何一つまともにできない。人にちゃんと謝罪することもできない。それなのに図々しく話に飛びついて。きっとこんな自分を厚かましく思っているに違いない。……きっと許してもらえない。

「到着しましたよ。こちらの部屋です」

その一言に、ハッと顔を上げた。ずっと自分の考えに耽っていたのだ。

「は、はい。頑張ります」

間の抜けた返事をしてしまった。ぷるぷると首を横に振る。

彼はノックすると「ヴィクターです」と言って、部屋の中に入った。

「失礼します。お言いつけの奴隷を連れて参りました」

奴隷の一言に身体が総毛立つ。奴隷だなんて、一言も聞いていない。

いったい、自分はどんな目に遭うのだろう。

「ご要望どおり、どのように使っても文句ひとつ言わない、従順な奴隷です。ご要望ならば腕の一本ぐらい、切り落とされても本望だと申しまして」

いっそんなことを言っただろう。心の中では必死に叫んでいたが、実際は身体が竦んでしまい、一言も声は出ない。恐怖は頂点に達した。

(神さま、ぼくをお守りください……っ)

祈ることができたのは、ここまでだった。

「ヴィクター、あなたは何を言っているの」

絶望に眩暈《めまい》を起こしていた翠は「え?」と顔を上げる。

聞こえてきた優しい声は、リットン伯爵夫人のものだったからだ。

□□□

「マダム……！」

「翠さんたら真っ青になっているわ。かわいそうに」

「あ、あの、恐ろしいほど厳格で気難しくて、意地が悪くて人嫌いで、偏屈で神経質な方に会わせてくれるって言われて、だから」

「偏屈で神経質？　それは、わたくしのこと？」

きょとんとする夫人を見て、翠は瞬きを何度も繰り返した。

これはいったい、どういうことだろう。もしかして、もしかしてヴィクターは。

「ごめんなさい。翠に、ちょっと意地悪をしました」

あっさりと白状するヴィクターを、夫人は呆れ果てた顔で見る。

「ヴィクター、リットン伯爵ともあろう人が、このような悪ふざけをなさるとは、情けないことですよ。もっと自覚を持ち、人に敬意を払いなさい」

夫人の話に瞳を瞬いた。今、彼女は何と言ったのか。

「マダム、リットン伯爵って、……誰が？」

「翠さんはご存じなかったのね。先代のリットン伯爵が昨年、ご病気でお亡くなりになられて、ヴィクターは三か月前に授爵《じゅしゃく》されているの」

「授爵って何ですか？」

「爵位を授かることを、そう言うのよ。第十四代リットン伯爵ヴィクター・ジョージ・アール・ブルワー。これが、ヴィクターのフルネームなの」

その種明かしを聞いた次の瞬間、翠の両眼に涙が湧き起こる。

「あらあら、翠さん」

「翠？　いったいどうしたんですか」

慌てている二人の声が聞こえた。

だけどその声は頭の中に詰まったようにグルグル回る。瞬きを繰り返すと、大粒の雫が頬を伝って胸元に落ちた。

「う、う、う、う」

「すみませんでした。悪ふざけの度が過ぎていました。謝りますから、泣かないでください。さあ、どうぞ座って」

そう言って、彼は翠のために椅子を引いた。その瞬間、かんしゃく玉が弾けるみたいに、頭の中が点滅する。

「ヴィクターのばか……」

今まで張り詰めていたものが涙と一緒に零れ落ち、自分でもびっくりするような声が、唇から迸《ほとばし》る。涙も泣き声も止まらなかった。

「翠、ああ、翠。泣かないで。私が悪かった。謝ります、だから」

「知らない、知らない。ヴィクターのばか……！」

謝罪する声が、翠の耳には半分も聞こえない。翠を見ていた夫人は、小さな溜息をついた。

「こんなに泣いて、かわいそうに。全面的にヴィクターが悪いとわかりました。お話より先に、翠さんに座っていただきなさい。お茶にしましょう。ケイン、ケインはいないの？」

夫人は電話機を取ると、執事を呼んだ。だが、来るのが待ちきれないのか、部屋を出て行ってしまった。残された翠は、ただ涙を流しながら固まっている。

子供じみた反応が恥ずかしかったのと、衝撃的な事実に頭を殴られたみたいだからだ。

ヴィクターが伯爵。

瞬きを繰り返している翠をどう思ったのか、ヴィクターは困ったような表情を浮かべていた。

翠は彼を見上げると、ゆっくりとしゃべった。

「ど、どうして、今まで、黙っ、ていたんですか」

しゃくり上げながら何とか問うと、彼は居心地悪そうな表情を浮かべる。

「爵位を継いでいるなどと言ったら、煙たがられると思ったからです」

確かに英国において爵位継承者は、現代でも別世界の住人だ。伯爵家の孫であるのと、伯爵家当主では立場がまるで違う。

ましてや翠のように外国からの移住者で、貧しく親もいない人間にとって、貴族なんて理解不能な人間たちだ。その夢の世界の住人が親しげにそばにいた。

ヴィクターを信頼していたのに、騙《だま》して陰で嘲笑《あざわら》われていたような気持ちだ。今だって、どうして夫人のことを偏屈な老人だなんて言ったのだろう。

「――ぼくを言いくるめて、面白かったですか」

「騙すつもりも、笑ったりするつもりもありません。意地悪をして、ごめんなさい」

どうして意地悪なんかしたのですか」

「きみがお兄さんのことばかり言うから、
意外なことを言われて、ヴィクターを見た。

「嫉妬？」

「きみがお兄さんを慕っていると聞くと、どうしてか気持ちが苛つきました。私は器が小さいですね。こんなことで嫉妬をするなんて。なんとも醜《みにく》くて、自分でも嫌になります」

ヴィクターはそう言うと、翠の足元に跪《ひざまず》いた。

「な、何をするんですか！　やめて、立ってください！」

止めようとしたがヴィクターはまるで頓着《とんちゃく》せず、翠の顔を見上げるばかりだ。

「お兄さんの話をする時、きみはとても幸せそうな顔をしています」

「だって兄のことだし」

「家族のことを話す、そんな表情ではないように思えました。大切な秘密を打ち明ける、小さな子供みたいだった。そんな表情を見ていると、気持ちがかき乱される」

切々と語られたが、どうして嫉妬なんかするのだろう。

自分と彼は、ただの友達なのに。

「あの、どうして嫉妬をするのですか」

「わかりませんか？　翠が自分以外の男のことを、嬉しそうに話すのは不愉快です。いえ、不愉快じゃない。はらわたが煮えくり返る思いでした。どうです、心の狭い男でしょう」

ヴィクターの声は、とても静かなものだ。だけど抑えた響きだからこそ、彼の心情が伝わってくるようだった。

彼の眼差しは、とても熱い。呑み込まれてしまいそうだ。その熱に呑み込まれたら自分は、どうなるのだろう。

もし、今、接触恐怖症なんかじゃなかったら。この手に彼の唇が触れたら。自分は、どうなってしまうのだろう。

その時、部屋から出て行った夫人が、戻ってくる物音が聞こえた。ヴィクターは素早く立ち上がると、翠の髪の毛にキスをする。

感覚のない毛先へのくちづけ。それなのに、蕩《とろ》けそうに熱い唇だった。

「席を外してしまって、ごめんなさい。部屋を移るより、こちらでお茶にしたほうが、翠さんが落ち着くと思って用意させていたのよ」

夫人の後ろからはケインと、ケイトが銀のワゴンを押しながら入ってきた。

「翠様、いらっしゃいませ！」

可愛らしいメイド服を着たケイトは、満面の笑みを浮かべている。翠も、先ほどまで顔を真っ赤にして泣いていたのが嘘のように、笑みを浮かべてみせた。

「この間は迷惑をかけてゴメンね」

「迷惑など、一つもございませんでしたよ」

「ううん。挨拶してから帰ろうと思ったけど、ちょうど夕食の準備に入ってしまったって聞いて、遠慮したんだ」

「まぁ、お気を遣ってくださって、ありがとうございます」

弾むような声を聞いていると、こちらにも微笑みが浮かぶ。

だがヴィクターは先ほどの熱い眼差しが嘘のように、柔らかい微笑みで部屋のソファに座ると、憎らしいぐらい長い脚を組む。

「話が私のせいで脱線してしまいましたが、ここからが本題。アルバイトの話です」

ちょうど夫人もソファに座ったところだったので、彼の顔を見て小首を傾げている。

「え？　あの話は、ぼくをからかうためじゃ」

「まさか。私はそこまで意地悪じゃありません」

少し傷ついたような表情を浮かべて言うヴィクターに、翠は失敗したと感じた。

どうして自分は、無神経なことばかり言ってしまうのだろう。

人の言動や態度ばかり気にして、ウジウジしているくせに。

しょんぼりしそうになったが、ヴィクターの声に顔を上げる。

「毎日三時間、おばあ様の話し相手をしてもらえませんか。その間、きみは勉強をしてもいいし、本を読んでもいい。二人でお茶を飲み、おしゃべりをして過ごすのです」

最後の問いかけは、翠だけでなく夫人にも向けたものだ。

「まぁ、こんなに可愛らしいお友達が、わたくしのところに来てくださるの？」

「はい。彼はここで過ごし報酬を受け取る。おばあ様は午後のひと時を、若くて活力のある子と一緒に過ごす。いかがですか」

あれよあれよと話が進み、翠は目をパチクリさせている。

「社交界や貴婦人たちとの慈善事業だけじゃない世界を知るのは、面白いですよ」

澄ました顔でそう言うと、話をまとめてしまった。夫人はヴィクターの提案に、たいそう乗り気のようで、少女のように頰を赤らめている。

「楽しみね。わたくしは最近、外出が体力的につらいの。ちょっと出歩けば、先日のように立ち往生するし。若い方とお話できるのは嬉しいわ。では明日から、よろしくね」

「は、はいっ。こちらこそ、よろしくお願いします」

「わたくし、翠さんのことが大好きなの。素直だし、可愛らしいし、お人形さんみたいだし。来ていただけるのは、とても嬉しいわ」

にこにこと言われて、胸が弾んだ。この品がよく美しい夫人に大好きと言われて、気持ちが晴れやかになる。

今までは恐怖症のせいで、他人と話をすることも苦手だと思っていた。けれどヴィクターと出会ってから、自分は変わったのかもしれない。

この屋敷にいると、不思議と心が安らぐことに自分でも驚く。

翠は夫人と、おしゃべりしながら運ばれたお茶を楽しんだ。

明日から、このお屋敷に来られる。毎日ヴィクターとも会える。

――――夢みたい。

三人でしばらくの間お茶を楽しんだあと、夫人が腰を上げた。

「わたくしは、そろそろ休みます。翠さん、屋敷の中を探索してもよろしくてよ。ヴィクター、お相手をしてさしあげて。では、また明日お会いしましょうね」

その言葉に頷いて席を立つと、夫人は翠の頬にお別れのキスをして、部屋を出て行った。

避ける暇もなくされてしまったキスに紅潮しているだろう頬を手で押さえて、深い溜息をつく。

夫人のくちづけに、恐怖心は湧かなかった。残るのは、温かい気持ちだけだ。幼い頃に亡くなった母親を思い出す、そんなキス。

(どうしてだろう。どうしてぼくは今――――)

呆然と自分の頬に、また触れる。やはり恐怖も嫌悪も湧いてこない。

（キスって、いいな）

もしかしてトラウマが原因とわかったことで、恐怖症が克服できてきているのかもしれない。

（こうやって誰かと触れ合うのって、すごく気持ちがいいことなんだ）

「すごく幸福そうな顔をしていますね」

ヴィクターの声で、自分が笑っていることに気づいた。慌てて頬に手を添える。

「マダムにキスしてもらったら、何だかニヤけちゃって」

衒《てら》いもなく言ったのをどう思ったのか、ヴィクターは肩を竦めるだけだ。だが、呆れているわけではなさそうで、その証拠に口元が微笑んでいる。

「もう遅くなりました。お茶がすんだら、家までお送りしましょう。今日は強引に話を進めて、申し訳ありませんでした」

「どうして、ぼくに謝るんですか？」

「いたずらに恐怖心を煽《あお》り、強引に話を進めたからです」

「……あれは、ぼくが意地を張っていたからですよね」

さんざん脅かされたし不安になったのは確かだ。でも、改まって謝られると困る。

「自分の身分についても、ちゃんと言わなくて、すみませんでした」

伯爵を授爵していたことを隠していたのを謝ってくれていた。翠は「もういいんです」と呟く。

もともと伯爵家の嫡男である彼とは、世界が違う。だけど現伯爵だったなんて、想像もしていなかった。自分なんかとは雲泥《うんでい》の差だ。

考えていると落ち込みそうだったので、わざと明るく答えた。

「びっくりしました。本物の伯爵様なんて、初めて見たから」

「伯爵様って改めて言われると、まだまだ勉強中です。祖父は統治力もあり、矍鑠《かくしゃく》とされていて、威厳がおありでした。けれど私などは若輩《じゃくはい》すぎるし、貫禄も威容もありません」

そんなことはない。ヴィクターはすてきだ。とてもすてきだ。

そう言いたかったけれど言えなくて俯いた。

「でも、常に前を向き、胸を張って生きる。それが貴族に生まれた者の使命です。そんな私は驕《おご》っているでしょうか。思い上がっているでしょうか。翠の気持ちを、すべてはわからないかもしれません。ですが、理解したいと思います」

「あ……」

『ヴィクターはすごくお金持ちだから、お金がない人の気持ちは、わからないと思います。誰もが余裕があるわけじゃない』

先ほど口走った言葉をなぞられて身が縮む。自分は、なんて無神経で、いじけたことを言ってしまったのだろう。

「さっきは、ごめんなさい、ひどいことを言いました」

反省して俯いてしまうと、おかしそうにヴィクターに笑われてしまった。

「本当にひどいっていうのは、もっと違うことです。例えば特権階級は庶民から搾取《さくしゅ》した金で、贅沢しているくせにとかね」

「そんな、ひどいです！」

「いつの時代にも、必ず言われてきたことです。気にしていません。それより」

「それより？」

「先ほど、おばあ様がきみにキスをした時、嫌がっていませんでしたね」

「ぼくも、驚いたんです。もともと女性には、それほど発症しなかったんですけど……」

「私はきみに触れないよう、細心の注意を払っているのに。どうして、おばあ様なら大丈夫なんですか。私では駄目ですか」

この辺で鈍い翠にもわかってきた。彼は嫉妬深いのだ。しかも、子供のように羨んでいる。この完璧な貴公子であるヴィクターが。

「マダムにキスしてもらうと、母を思い出します」

「お母様を？」

「はい。優しくて、いい匂いがして、どこも尖ったところがなくて。ぼく、両親が亡くなる前は、接触恐怖症ではなかったんです」

その言葉を聞いて、ヴィクターは眉を寄せた。変なことを言ったかなと心配になったが、この際だから告白してしまおうと思った。

たとえ、これで嫌われたとしても。たとえ、もう二度と話せなくなったとしても。言わなくては、ダメな気がする。

「両親が亡くなってすぐに、児童養護施設に預けられた話は、しましたよね。そこの所長だった男がぼくに性的ないたずらをしていたって、最近兄に聞いたんです」

その告白を聞いて、ヴィクターが息を呑む気配がした。

ヴィクターにだけは、隠しごとはしたくない。

どうしてそんなふうに思うのか。自分でもわからない。普通なら敬遠されると思われる事柄だと理解していたが、言わない選択肢はなかった。

「ぼくが接触恐怖症になったのは、それが原因です。その施設からは兄が、連れて逃げ出してくれました。だから、普通の兄弟より結びつきが強いんだと思います。だって、ぼくには兄しかいなかった。兄がすべてだったから」

そこまで言うと、ヴィクターは翠を抱きしめたいというように、両手を広げた。

「もう話さないで。つらいことを思い出させてしまいました。申し訳ありません」

そう言うと、哀しそうな眼差しで見つめてくる。

「翠を抱きしめたい。抱きしめて慰めたい。もう、何も心配しなくていいと言ってあげたい。でも、私はきみに触れることはできない。もどかしくて哀しいです」

そう話す彼が、とても淋しそうに見えて胸が締めつけられる。

こんな時、自分は無力だ。この人のために、何かをしたい。何かしたいのに。

翠は突然ヴィクターの胸にしがみつき、ぎゅーっと抱きついた。服ごしにヴィクターの胸の鼓動を感じる。脚が震えるのは恐怖症のせいか。それとも――。

「翠？」

「ぼく、慰められていますから！」

「は？」

「文句を言ってベソかいて、みっともないとこしか見せてないのに大事にされて！　十分に慰められています！　だから哀しくならないで！」

早口でそれだけ言うと、ガバッと彼の身体から離れる。ぎゅぎゅぎゅぎゅーっと顔が赤くなっているのが、自分でもわかった。

「ぼく、何を言っているんだろ」

さらに、ポッポと赤くなった頬を押さえようとすると、ヴィクターは身を屈めて、翠の髪にキスをした。春風のような優しいくちづけだ。

「ヴィクター……」

「気にしていません。可愛い意地っ張りさん」

「意地っ張りって」

「つらいことを話してくれて、ありがとう。これで、ようやく合点がいきました。なぜきみは私

と話す時、妙に緊張しているのか。なぜ触れようとすると身体中を硬くし、逃げ出しそうにしているのか。接触恐怖症のことは話してくれましたが、ケイトやおばあ様には、それほど緊張していないように感じられるのに。トラウマが原因だったのですね。……よかった」

「よかったって、何がですか」

「私のことが嫌いだから、身体を硬くしているんだと思っていました。でも今、抱きついてくれましたね。肌と肌の触れ合いは無理でも、少しずつよくなってきているのではないでしょうか。まだ望みがあります。きみの騎士になれる可能性はあるわけだ」

そう笑われて、気恥ずかしかった。二人は顔を見合わせて、くすくす笑う。

「ヴィクターって、面白い」

「私は翠が不思議です。きみは、とても浮世離れをしている。まるで世の男たちを拒絶して眠り続ける眠り姫のようです」

ここら辺で翠は黙った。さすがに男の自分が眠り姫というのは、いかがなものか。

「どうしてぼくが、お姫様役なんですか」

「では王子にしますか。姫に、王子様、どうか私を攫ってくださいと言われても、きみに対応できるとは思えませんが」

「ひどい」

「きみは、眠り姫でいいんです。翠は、宝石の名前だと言っていたでしょう。翡翠の森の奥深く、王子が来るのを待ち続ける。そんな姫君でいてください、もちろん、きみを起こすのは私です」

その芝居がかった言葉に、またしても二人で笑った。

ギクシャクしていたものが、解けていく。

「では遅くなりますから送っていきましょう。よろしいですか」

「はい、お願いします」

二人は部屋を出て階段を下りると、ホールに並ぶケインやメイドたちに見送られながら屋敷を出た。その中にはケイトもいる。翠は彼女に軽く手を振った。

ヴィクターの車に乗ると、彼はエンジンをかけたまま無言だった。どうしたのだろうと運転手席を見ると、「お願いがあります」と囁かれる。

「お願い？　ぼくにですか」

「ええ、きみにです。ケイトと打ち解けているのは知っていますが、私の目の前で親しくされると、胸が痛くなります」

ケイト。彼女が姿を現すと、彼の機嫌が悪くなると思ったのは、気のせいではなかったのだ。どうしてそんな、感情を抱くのだろう。

「ですから今後、彼女と話をするのは私が不在の時にしてください。これは私の嫉妬です。お兄さんもケイトも、どちらもきみが楽しそうにしているだけで嫌なんです。先ほども言いましたが、心の狭い男ですから」

そう言うと彼は翠を見つめる目を眇《すが》めた。

「翠、きみが誰よりも、幸せであってほしいんです」

「え……」

突然の言葉に驚いて目を見開くと、彼は棘《いばら》の痛みに耐えているような表情を浮かべる。

「この世の、すべての悲しみや苦しみを感じることなく、静かに笑っていてほしい。私をあなたの友達としてではなく、騎士として受け入れてくれませんか」

そう言うとヴィクターはそっと顔を寄せてきた。

（キスされる）

翠はぎゅっと目を閉じたが逃げられなかった。というより、逃げたくなかったのかもしれない。過呼吸になろうと気を失おうと、彼の唇を受け入れてみたかったのだ。

けれど、ヴィクターの体温は翠の鼻の先を掠めて去っていった。そっと目を開けると、もう彼はフロントウィンドウを向いていた。

何で。なんでなんでなんで。なんでそんな……。

心臓が早鐘のように鳴っている。ただ、いつもの嫌な動悸でなく、鼓動が打つたびに身体中が温まる心音だった。

どうして。こんなに胸が締めつけられるのだろう。どうして。

考えても答えは出ない。思いきって訊いてみようとしたが。

「失礼。では、行きましょう」

ヴィクターは何事もなかったように言うと、アクセルを踏み込み車を発進させた。敷地内を走っている時も道路を走っている時も、二人は一言も発しない。ただ、窓を見つめ続けていた。

車でアパートメントまで送ってくれ、別れ際も、ヴィクターは先ほどのキスのことを何も言わず、翠も何も問わなかった。

「では明日から、よろしくお願いします」

それだけ言うと、彼は車を発進させて去ってしまった。翠は彼の車が視界から消えていくのを、いつまでも見送っていた。

呆気ない別れ。残された、微かな残り香。

幸せであってほしいという言葉は何だったのか。痛みに耐えているような、あの悲しい眼差しは、何だったのだろう。それに、騎士と友達はどう違うんだろう。

翠は、自らの唇にそっと指で触れてみる。

今まで意識したこともなかった唇は、かさかさに乾いていた。でも、彼が触れそうになったところだけ、濡れていた。いや、濡れているような気がした。

「ヴィクターが伯爵様」

掠れた声の響きは自分でも驚くほど、低く、掠れている。

「伯爵家の御曹司じゃなくて、本物の伯爵様だったのか。……本当に、本当に手の届かない人だったんだなぁ」
溜息まじりの淋し気な呟きを、ヴィクターが聞くことはなかった。

5

ブルワー家で過ごす時間は、とても楽しいものだった。

話し相手といっても夫人は刺繍《ししゅう》などを楽しんでいるので、拍子抜けするほど仕事がない。夫人の邪魔をしないよう、図書館で借りてきた本を相手に勉強をした。

「音楽をかけましょうか。わたくしの好きなレコードがあるの」

レコードというのが、いかにも夫人らしくて微笑みが浮かぶ。聞こえてくるクラシックは、とても美しいものだった。彼女は、いい時間を過ごし、人生を楽しんでいる。

夫人はゆったりしたひじ掛け椅子に、翠はソファに座って優雅な音楽を楽しんだ。

「こういう音楽、若い人は興味ないでしょう」

「いいえ。気持ちが落ち着いて、すごくリラックスできます。ぼく、これ好きです」

そう言うと夫人は嬉しそうに微笑んだ。少女のような表情だ。

「趣味が合って、嬉しいわ。最近ヴィクターは、あまり付き合ってくれなくて」

何気なく彼女の口から出た人の名に、翠の心が大きく震える。

あの人の名前を聞いたぐらいで、どうしてどきどきするんだろう。

わけもなく頬が赤らんだ。困っていると、目の前に座る夫人と目が合う。

「翠さん、どうなさったの。お顔が真っ赤よ。熱でもあるのかしら」

「い、いえ違います。あの、ちょっと暑いって。それだけです」

心配されて、何度もかぶりを振った。

「具合が悪くないならよかったわ。そういえば、ヴィクターは小さい頃、具合が悪くても言ってくれない子で、それは心配しましたよ」

「あの、ヴィクターは小さい頃、どんな子だったんですか」

翠がそう訊《たず》ねると、夫人は微笑んだ。

「あの子の小さい頃の写真、お見せしましょうか」

思いもかけないことを言われて一も二もなく頷くと、その様子がおかしかったのか、部屋の隅で控えているケイトにまで笑われてしまった。

「見たいわよね。じゃあ、ケイトに頼みましょう。ケイト、わたくしの部屋に飾ってあるヴィクターの写真を、持ってきてもらえるかしら」

メイドは部屋を去ると、すぐにいくつかの写真立てを持って部屋に戻ってくる。

「お待たせしました。こちらでよろしいでしょうか」

「ああ、ありがとう。これが三歳ぐらいの時かしら。わたくしのお気に入り」

そう言われて差し出された瀟洒な銀の写真立てには、銀髪の天使が写っている。言葉のあやでなく、本当に天使だった。

「かっ……わいい……っ」

ぱっちりした大きな瞳。長い長い睫。ふっくらした頬は薔薇色で、ちょっと尖らせた唇は珊瑚のようだ。銀色の髪の天使は、ふわふわのレースのブラウスに半ズボンとオシャレしていた。絵葉書などに描かれているエンジェルそのものだった。

「そうでしょう。愛らしくてお人形のようで、わたくしの自慢だったの。でも男の子の成長は早くて、あっという間に背が伸びてしまったわ。わたくしの天使ちゃん……」

少し険しく眉を寄せ、夫人は嘆く。天使の時期は本当に一瞬だったようだ。

「こちらがその成長期の写真。十歳ぐらいね」

また別の写真立てを見せてくれる。こちらは別人のように凛々《りり》しく利発そうな少年だ。すらりと伸びた四肢、意志の強い瞳。

まだ幼いけれど、凛々しさも兼ねそなえた美少年だったようだ。

「かっこいい。可愛い紳士ですね」

翠がそう言うと夫人も笑う。だが、その眼差しは、どこか淋しそうだ。

「……ぼく、何か、お気に障ることを言ってしまいましたか」

「ああ、違うのよ。ごめんなさい。昔を思い出してしまったの。この頃、ヴィクターは両親を相次いで亡くしてしまって、大変な時期だったの」

そう言われて、以前のヴィクターの言葉がよみがえる。

『私は子供の頃、両親を病気で喪いました。最初は母、そして父です』

「前にヴィクターから伺ったことがあります。ぼくも両親が亡くなったと言ったら、『親がいない悲しみを味わったから、気持ちが理解できるのでしょう。同じ境遇ですから』って言ってくれました。何だか仲間みたいな気になっちゃいました」

そう言うと夫人は目を細めて頷いた。

「そんなことを言うようになったのですね。翠さんには、本当に心を許しているのだわ。これからも、どうかヴィクターと仲よくしてね」

「仲よくなんて、ぼくなんて、そんな」

慌ててしまう翠を他所《よそ》に、夫人はどこか遠い目をしている。

何か苦しいことを思い出している、そんな瞳だった。

「今でも憶えているわ。あの子の母親の葬儀。まだまだ母が恋しい時期に無理やり引き裂かれたから、ショックで泣くこともできなかったの。それからすぐに、父親も亡くしてしまって痛ましかったわ。でも、あの子は涙ひとつ流さなかった」

翠の胸の奥が、鋭く痛む。長い長い針に刺されたみたいだ。

悲しくないわけがない。いや、まだ少年だった彼の心は、慟哭《どうこく》に包まれていただろう。

「周囲は毅然と振る舞っていたあの子を褒《ほ》めたたえたわ。さすがだ。お心構えが違う。ご立派だ。伯爵家はこの方が担うとね。でも、あの子は泣けなかった。母親の葬儀の時と同じく、心は泣いていたけれど表には出せなかったの」

　夫人はそう言うと、深い溜息をついた。

「わたくしね、葬儀が行われた日の深夜に、あの子が中庭の東屋《あずまや》で膝を抱えて泣いているところを見たのよ。たった一人、誰もいない深夜、両親と遊んだ思い出ある中庭で、悲しみに耐えていたの。――情けないことに、わたくしは声をかけるのを躊躇ってしまったわ」

　翠はソファから立ち上がり夫人のそばに行くと、膝をつき彼女の顔を覗き込んだ。

「泣かないで」

　その囁く声に、夫人は気丈に微笑んだ。

「ほほ、わたくしのような年寄りに、翠さんは優しいこと。泣いてなどおりませんよ」

　そう言いながら、心なしか目元が赤くなっている。強がっているのだと、夫人の気持ちは痛いほどわかった。翠は勇気を振り絞って、夫人の手に自らの両手を重ねた。

　胸の鼓動が激しい。でも、自分の痛みよりも、この老婦人の傷を癒したい。

　――一緒に泣きたいと思った。

　彼女の手は温かく、さらさらした感触だ。何も怖くないと、今さらながらに思う。

　発作がいつくるかわからない恐怖に負けて大切な人の手も握れない人生なんて、何の意味があるのだろう。

「ありがとう、翠さん。……ありがとう」

そう言うと夫人は翠の手を握りしめ、囁くように言った。

「あの子は、いいえ、あの方は伯爵家という特殊な世界で生まれ育ち、愛する両親も早くに亡くしたけれど、伯爵家当主としての矜持《きょうじ》を持ち、つねに前を見ているの。だからこそ、人に言えない孤独を抱えているでしょう。翠さんがいてくれれば、心強いと思いますよ」

「ぼくがいて、心強い？」

夫人が返答する前に、ドアがノックされてケインが中に入ってくる。

「マダム、お茶の支度が整いましてございます」

「ああ、ではティールームに行きましょうか」

その知らせで話が中断されたが、夫人は執事に言われるまま立ち上がる。そして翠も、別室へと案内された。

案内された部屋は、宝石箱みたいな空間だ。煌びやかな室内に慣れてきた翠の目を、さらに奪うものだった。

天井から下がるクリスタルのシャンデリア。美麗な装飾が施された家具。中央に置かれた真っ白なグランドピアノ。窓を飾る豪華なレースに色とりどりの花々。テーブルに並べられたのは、スコーンやサンドイッチにフルーツなどの軽食。それに温かい紅茶が用意されている。

豪華さと重ねられてきた歴史の重みに、ただ圧倒される。自分が住む世界とは違いすぎて、比べる気にもなれない。

「ヴィクターは、屋敷の中にいるのかしら」

夫人がそう訊くと、執事はお茶を淹《い》れながら頷いた。

「はい。朝から図書室に入られております」

「せっかく翠さんがいらしているのだから、ご一緒したいわ。翠さん、図書室に迎えに行ってくださる？」

「は、はいっ」

「ケイン、図書室までご案内してさしあげて」

「かしこまりました」

昨日キスされそうになって別れた時から、ヴィクターとは会っていなかった。気まずいような気もしたけど、会いたい気持ちのほうが強い。

こんな気持ちになるのは、初めてだった。

案内してもらった図書室は、二階の奥にあった。執事は「こちらでございます」と軽くノックしてからドアを開く。

「失礼いたします。ヴィクター様、おいでになられますか」

その問いかけに「いるよ、上だ」という明るい声が響いた。

「すっごい。これ全部が本……っ」

中に入ってみると、壁面という壁面が書籍で埋め尽くされている。そして驚いたことに、部屋の中に階段が作られていて、天井まで整然と並べられた本に手が届くようになっている。

街の図書館に通い詰めていたから本には慣れているが、それでも、個人の家でこれだけの書籍があるのには驚きしか感じられなかった。

啞然として見ていると、ヴィクターが二階の踊り場から顔を出した。執事だけだと思っていたらしい彼は、翠の顔を見て驚いた顔をしている。

「やぁ。こちらにいらっしゃっていたんですか」

いつも一分の隙もない服装の彼だが、今日は白いシャツにデニムという、若者らしい出で立ちだ。カジュアルな姿が、とても新鮮に思えた。

屈託ない感想を抱いていると、彼は首を傾げる。

「どうかしましたか？」

「ううん。そんな恰好をしているヴィクターを、初めて見たから」

「まぁ、家の中ですからね。こんな服装で、がっかりしましたか」

「そんな、違います。脚が長くて、かっこいいなって思ったから、つい」

言った瞬間、ぽかんとした彼の顔が目に入った。

しまったと思った。近くにいたケインにも聞こえていたのだろう。だが、優秀な執事は聞こえないふりを続けていた。

この微妙な室内の空気に、翠は真っ赤になってしまった。

顔がかぁぁーっと赤くなる。本人に向かって褒め言葉を吐くのは性格上、とんでもなく恥ずかしいからだ。

気配を察して気を利かしてくれたのは、完璧な対応を見せる執事だった。

「では、私はお支度の続きがございますので、失礼いたします」

「え？　あの、あのケインさん」

「少しお話をされてから、ティールームにお戻りになられてはいかがでしょう。マグムにはケイトがついておりますので、ご心配はいりません」

微笑みを浮かべた執事はドアの前に立ち一礼すると、部屋を出て行ってしまった。扉が閉まる音を絶望的な気持ちで聞き、途方に暮れる。

先ほどの発言と、この二人きりという現状は、居たたまれなさに拍車をかけた。黙り込んだのをどう思ったのか、ヴィクターは階段を下りてくる。

「驚いた顔をして、失礼しました」

「いえ。ぼくが部屋に入ってきたから、びっくりしたでしょう。マダムに、ヴィクターを迎えに行ってと頼まれたので、それで」

「お会いできて嬉しいです。私が驚いたのは、書棚の陰から可愛らしい顔が覗いていたからですよ。妖精が現れたのかと思い、びっくりしたんです」

妖精と言われて、二の句が継げなくなった。冗談なのだろうか。ヴィクターはときどき、どう反応を返していいのかわからないようなことを言う。

どう答えていいか困って、「えへへ」と笑ってみせた。

曲がりなりにも男である翠としては、妖精と言われたら困るしかない。だけど、彼の瞳が真剣なので、正直な感想は言えなかった。

でも、いいか。うん。嬉しい。

女の子みたいな言われようは、正直、ちょっと複雑だ。でも、彼の言葉は何だか特別で、キラキラしている。それがすごく嬉しかった。

「当家にいらして初日でしたが、どうでしたか」

「マダムは気さくな方だし、とても気遣ってくれました。一緒にいて、すごく居心地がいいです」

「よかった。おばあ様は人当たりがよく優しい方ですが、人の好き嫌いが激しいのです。気に入らなければ、どんな高貴な方がいらしても、口もききません」

「そんなふうには見えませんが」

「きみは、あの方に認められたということです。おめでとう」

彼はそう言うと、少し身体を屈めて囁いた。

「昨日、変なことを言ってすみませんでした。怒っていますか?」

「変なことって、何か言いましたっけ」

「きみが誰よりも、幸せであってほしい。この世の、すべての悲しみや苦しみを感じることなく、静かに笑っていてほしいと言ったことです」

意外なことを言われて、言葉を失った。どうして、そこまで考えてくれるのか。

「私はずっと、きみが怒っていると思って、怖かったんです。せっかく友人になれたと思ったのに、迂闊《うかつ》なことをしてしまったと後悔したぐらいです。今日もご挨拶しようと思っていたのですが、怖くて出られませんでした」

驚いた。彼のような人が、自分なんかの反応を気にしていたなんて。

何だかおかしくなってしまい、つい、笑いが零れてしまう。

「笑いましたね」

「だって、ヴィクターみたいな立派な人が、ぼくのことを怖いだなんて。おかしいです」

「怖いですよ。どうしたら、きみが笑ってくれるか。どうしたら、きみが喜んでくれるか。どうしたら、きみの不安が取り除けるか。そんなことばかり考えてしまいます。私は、きみのために、できることは何でもしたいんです」

「――――どうして、そんなに考えてくれるんですか」

喉に引っかかるような声でそう尋ねると、彼は目を細めて笑った。

「愛情というのは、そういうものだと思います。愛する人のために、何かをしてあげたい、喜ぶ顔が見たい。誰もがそう願う。きみだって、お兄さんのために仕事を探し、楽をさせたいと思ったでしょう？　それと同じです」

ヴィクターの口から愛情という言葉が出て、ドキリとする。

「だって兄は兄だし、困っているなら手を差し伸べたいと思うのは、当たり前のことですよね。でも、ヴィクターは違う。ぼくとは他人だし、会ったばかりだし」

必死でそう言い募ると、彼は駄々っ子を見守るような、そんな瞳をしてみせた。これは、いつかと同じ眼差しだった。

「人を好きになるのに、時間は必要ありません」

そう言うと彼は翠の足元に片膝をついて跪き、恭しく胸に手を当ててお辞儀をする。その姿は、中世の騎士のようだった。

「お手に触れても、よろしいでしょうか。もし翠が、嫌でなければ」

イヤではなかった。

発作が怖くないと言ったら嘘になるが、それよりも胸の高鳴りが翠の背中を押した。

微かに頷くとヴィクターはそっと、その手を取った。そして、大切な宝物に触れるようにして、そっと頬ずりをする。

なめらかな頬に触れた瞬間、身体が震えた。

「好きです」

驚きに大きく目を見開くと、彼は少し悲しみを含んだ瞳を見せる。

「きみのことが、好きで仕方がありません。こんなふうに手を握っていると、胸がときめきます。

おかしいですか」

ヴィクターはそう言うと手の甲に、そっとくちづけた。

驚いたけどイヤじゃない。

それどころか、もっと。そう、もっと触れてほしいとさえ思う。

「ぼくも、ぼくも同じです」

「同じ？　同じとは、どういう意味ですか」

「……ぼくもヴィクターのことが、気になります」

「どんなふうに、気になりますか」

「身分違いだって思うと悲しいし、涙が出そうになります。でも、ヴィクターと話すと心が弾んだり、胸が温かくなる。兄を思うのとは違う意味で好きです」

話を聞いていた彼は立ち上がり、翠をグッと引き寄せた。そして、そのまま抱きしめられる。胸の鼓動が激しすぎて、破裂しそうだ。

でも、でも大丈夫。発作は起きない。大好きなヴィクターと抱き合えているのだから。

「違う？　それは、男として好きだという意味ですか」

露骨な聞き方をされて、どう答えていいか戸惑った。それに、あまりにも顔が近すぎる。何度か髪にくちづけされたけれど、すぐに離れてくれたのに。

今はあんまりにも近すぎて、囚われてしまいそうだった。

「男としてって、だって、ぼくもヴィクターも男で」

「そんな話をしているんじゃない。答えて、翠。きみは私を、男として好きですか。こんなふうに抱きしめられ、くちづけられてもいいと思うほどに」

真摯な眼差しは夢のように煌めき、魔法にかかったみたいに頷いた。

「はい」

「ちゃんと言ってください。私が好きだと。私に抱きしめられるのは嫌ではないと。私の名を呼んで、もっとはっきりと」

「好きです。ヴィクター、もっと、もっと抱きしめて」

そう囁くと彼は立ち上がり、奪うみたいに唇を重ねてこようとする。けれど、身体は翠の心を裏切るように、顔を背けてしまっていた。

彼は一瞬、傷ついた目をして、それから優しく翠の頬にくちづけた。

「ヴィクター……っ」

胸が痛い。

本当は翠もヴィクターを受け入れたいのに、それができない。まだ怖い。身体が勝手に拒んでしまう。自分では、どうにもならない。

それでもヴィクターの胸のなかで翠は、今まで感じたことのない幸福感の中にいた。

翠の揺れる体軀《たいく》を強い力で抱きしめられて、息が止まりそうだった。

ガクッと膝が頽《くずお》れると、大きな手が背中を支えてくれた。

「あ……っ」

「大丈夫。ちゃんと支えています」

がっしりした手の力強さに、溜息が洩れた。そのまま抱きしめられ、胸に顔を埋める。

「ご、ごめんなさ、い」

恥ずかしい。彼はまったく平静なのに、自分は身体をガクガクさせているなんて。

顔も上げられず、彼の胸元に擦りつけるようにして顔を隠した。すると、そっと頬を撫でられる。大きくて温かい、男らしい手だ。

「謝らないでください。私は、とても嬉しいんです。きみが私の手の中にいてくれる。それだけで、言葉にできないほど気持ちが高揚しています」

彼はそう言うと、また翠の頬に触れてくる。ちょっと怖い気がしたけれど、心の奥では嬉しかった。またヴィクターに抱きしめてもらえると思っただけで、鼓動が跳ねる。

「もう一度、頬にキスをしていいですか」

改めて訊かれると、どう答えていいか困ってしまった。「はい、どうぞ」では軽いし、「お願いします」だと変すぎる。

変だけど、でも——キスしてほしい。

ヴィクターに触れてほしい。違う。自分が彼に触れたいのだ。

「してください。キス、して」

思いきってそう言うとヴィクターは不意を衝かれた表情を浮かべた。

「翠、本当に？」

驚いているけれど、嬉しさが滲んだ声。それは翠の歩み寄りを感じた声だろう。

でも、自分が欲しがっているのがバレてしまって恥ずかしい。その時、いきなりドアをノックする音が響いた。

「失礼いたします。ヴィクター様、お出でになるのが遅いと、マダムがご心配されております。何かお手伝いできることはございますか」

執事の心配そうな声に、ヴィクターと顔を見合わせた。そうだ、夫人を待たせていたのだ。翠は慌てて髪を撫でつけ、乱れた服を整えた。

「心配ない。ちょっと話が弾んだんだ。すぐに行くと、おばあ様に伝えておくれ」

「かしこまりました」

執事は扉を開くこともなく、遠ざかっていく。翠が思わず溜息をつくと、同じように、大きな吐息が聞こえた。顔を上げると、彼が恥ずかしそうな顔をしている。

「いたずらが見つかった気分だ」

真剣な表情で囁かれ、何と言えばいいのか言葉が出ない。しばらくの間、二人は真剣な顔で見つめ合っていたが、ヴィクターが口元だけで微笑んだ。そうすると翠も堪えきれなくなって、くすっと笑ってしまう。

「笑わないでください。だって、あんな時、誤魔化す以外に何ができますか」

「だって、すごく真面目な顔で『心配ない』って」

するとヴィクターは翠の顔を見据え、大真面目に言った。

「心配ない」

とたんに二人とも、朗らかに笑い出してしまった。

「ヴィクター、ヴィクターったら！」

「笑いましたね。翠、きみの負けです」

「負けって、負けって何ですか。ぼくたち、勝負なんかしてないのに」

そう言うとヴィクターは目を細めた。それは言葉にするならば、可愛くて仕方がないといった表情だ。完璧な紳士である彼が屈託なく笑う姿は、翠の胸を熱くさせた。

「おばあ様を、これ以上お待たせするわけにはいかない」

そう言われて頷くと、肩を抱かれて出口に向かった。だが、その木の扉を開く前に彼は立ち止まり、身体を屈めて翠の鼻の頭にキスをした。

小鳥みたいな、可愛いキス。でも、顔まで真っ赤になる、そんなキスだ。

「行きましょう」

彼はそう言うと、翠の手を握りしめて部屋を出る。こんなふうに友達、いや恋人と手をつなげる日がくるなんて、考えたこともなかった。こちらは顔が真っ赤だというのに、彼はまったく気にしていないようだ。

しかも、世慣れていない翠とはわけが違う。若く容姿端麗だし、すらりと背も高い。何よりリットン伯爵家当主である。きっと社交界でも評判の的だろう。その彼が、自分なんかとキスをして、手をつないでいる。これは、いったいどんな魔法なのだろう。

「二人ともあんまり遅いから、お茶が冷めてしまいましたよ」

扉を開けた瞬間、夫人からのお小言を頂戴《ちょうだい》した。ヴィクターは「すみません」と言って、翠を席に案内する。用意してあった茶器を無視して翠の隣に彼が座ったので、ケイトが配膳し直した。

夫人はその無作法に軽く睨む。

「ごめんなさい。どうしても翠の隣に座りたかったので」

「今日だけですよ」

「はい、ありがとうございます」

夫人の承諾を得て抜け抜けと翠の隣席を獲得した彼は、どこか誇らしげだった。だが、翠はヒヤヒヤしてしまった。

「翠さんは、どんなお菓子が好きなの？　それとも、甘くないものがお好みかしら」

「甘いのも、しょっぱいのも好きです」

「食べ盛りなのね。頼もしいわ。ではケイン、翠さんには大きく切り分けてあげてね」

「かしこまりました」

夫人の言いつけどおり、執事は大ぶりにカットしたアップルパイを翠の前に差し出す。その瞬間、歓喜に声がうわずっていた。

「マダム、ぼくアップルパイの、この焦げたところが大好きです……っ」

「あら。ケイン、追加してさしあげて」

「はい」

またしても大ぶりに切られたパイが、翠の目の前に差し出される。この幸福感にクラクラしていると、隣の席に座るヴィクターが微笑んだ。その気配で、ようやく我に返る。目の前には大きなパイが載った二皿。どう見ても、通常の量ではない。

（ぼ、ぼく、何をしてるの……）

真っ赤になって冷や汗を流す翠を見て、彼が大きな声で笑い出した。

その声に夫人が、「ヴィクター」と声をかけると、ひとしきり笑った彼は、手元のカップを取ってお茶を飲んだ。

「失礼しました。あんまりにも年相応で、可愛らしい様子だったので、つい」

普段なら孫に厳しい夫人も、確かに一連の行動は、おかしかったらしい。窘《たしな》めようとして、しかし、つい笑いが込み上げたようだ。

「確かに、愛らしい様子で、……ぷっ」

貴婦人にまで楽しそうに笑われて、穴があったら逃げ込んで埋もれたい思いだ。居たたまれずに首を竦めていると、テーブルの下で彼が手を伸ばしてきた。

そして翠が膝の上に置いていた手を、ギュッと握った。

「翠に来てもらってよかった。おばあ様が、こんなに楽しそうなのは久しぶりです」

「そうね。昨年、伯爵がお亡くなりになってから、心ここにあらずだったもの」

二人は何事もなく会話を続け、にこやかに微笑んだ。だが、彼は笑いながらも、テーブルの下で握りしめた手を放そうとしない。

その力強さと大きな掌の感触に、翠は動悸が治まらなかった。

痛い。握りしめている手の力が強すぎて、手が痛い。でも、放してほしくない。ううん、放さないでほしい……っ。

そう思い俯いた翠の顔を、彼は覗き込む。そして囁いた。

「大丈夫。放しませんから」

その言葉を聞いた瞬間、頬がまた真っ赤になってしまった。ちょうどその時、ケイトがハイティースタンドを運んできて、翠の顔に注目してしまった。

「まぁ、翠様！　お顔が真っ赤ですわ。大変！」

そう言われて、思わず頬を押さえた。

「何でもないです、何でもないです、何でもないですから！」

慌てた翠の様子はまた笑いを誘う。夫人もヴィクターも微笑んでいる。この幸福な時間を誰もが心から楽しんで過ごした。

これから起こる慟哭の時間など、誰ひとり想像できる者はいなかった。

□□□

「今日は本当に楽しかったわ。では翠さん。また明日、お会いしましょう」

夫人はそう言うと執事を呼び、彼は銀色のトレイを持って、二人に近づく。

「これは本日のお礼よ。受け取ってね」

そう言われ差し出されたトレイから封筒を持ち上げると、思いもよらなかった重さ。持っただけでわかる。紙幣一枚二枚ではない。

最初に給料の話は出なかった。でも、話し相手という名目だったから、こんな高額を支給されるなんて考えてもいなかったのだ。

「マダム、多すぎです。ぼく、今日は楽しく過ごさせてもらって、お茶をいただいただけなのに。こんなに受け取れません」

そう言うと夫人は、優しく翠の手を取った。

「いいえ。翠さんが来てくださって、今日は、とてもすてきな午後でした。このお礼は、わたくしの気持ちだからいいんですよ」

「そうそう。今日は私も楽しかった。毎日がこうだと嬉しいな」

「マダム、ヴィクター……」

そう言われても手にした封筒の重さは、易々と受け取れるものではない。

「翠さん、取っておきなさい。若い子はお金を遣うことも多いでしょう。このお礼は、ご家族へお土産でもお買いなさい」

多くは訊かれなかったけれど、翠の窮状を察してくれたのだろう。こんなに優しく言われたら、これ以上、逆らうことなんてできない。ありがたく封筒を受け取った。

「ありがとうございます」

「では、また明日ね。お待ちしているわ」

夫人とはそこで別れ、彼と二人で部屋を出た。廊下を歩いていると、彼は翠の髪先に触れる。

「もう少し話をしたいのですが、お時間をいただけませんか」

いきなりそう言われて、首を傾げた。

「話って?」

「このまま、きみを帰したくない」

その一言に、胸の鼓動が跳ね上がった。先ほどの図書室での一幕や、テーブルの下で手を握りしめられた一幕が脳裏を過ったからだ。

（きみを帰したくないって、どういう意味だろう。でも、さっきのあれって）

「こちらにどうぞ」

ヴィクターは翠をエスコートするようにして、長い回廊を通り抜けた。

案内されたのは屋敷の中から入れる、大きな温室だ。扉を開けると暖かい空気に混じって、柔らかな花と緑の香りがする。

「いい香り……」

「ブルワー家自慢の温室です。灯りが点いていると、使用人は中に入りません」

光に照らされた温室内は、ピンクや黄色、薄緑、深紅、純白といった様々な色の花で彩られている。思わず見惚れてしまった。

「こんなところに連れ出して、ごめんなさい。でも、どうしても話がしたかった」

「話？」

「先ほども言ったとおり、私はきみが好きです。でも、きみの接触恐怖症も理解したいと思っています。だが、触れたいという欲求が抑えられない」

そう囁くと彼は翠の顎を取り、唇を近づけてくる。

他人が怖いと怯えている翠を、食べてしまうみたいに。

だが彼は翠の唇でなく、頬に軽いキスをした。

「ヴィクター……」

「こんなに不安に震えている姫君に、無体な真似はできません」

そう言うと翠の髪に、そっとくちづける。その時、温室の花とは違う、苔《こけ》のような香りがした。きっと彼のコロンだろう。

気がつくと彼と抱きしめ合っていた。彼の大きな手に抱かれる心地よさは、いつも他人に対して抱く恐怖心とは、まったく別物だ。

母親の胎内に戻ったような甘やかな幸せ。時が止まればいいと願うほど、甘美な抱擁《ほうよう》。

「考えたのですが、お兄さんには当家で働いてもらうというのは、どうでしょう」

お互いを慈《いつく》しみ抱き合ったあと、ヴィクターの運転する車で送ってもらっている最中に、彼が突然に話を始めた。

「兄を、伯爵家で？」

「ちょうど今、使用人を探しているところでした。きみの話を聞くと、とても責任感のありそうな青年だし、好感が持てます。資格も免許も特に必要としないけど、やる気があるなら仕事をしながら通学するといい」

突然の話にびっくりしていると、「ただし」と付け加える。

「きみは外で働かず、おばあ様の話し相手をしながら勉強すること。必要ならば家庭教師をつけましょう。これが、お兄さんを雇う条件です」

条件といっても、彼にとっては別に何の得もない。ただ翠のことを思いやってくれているだけではないか。

「これからお兄さんに会いにいきたいけど、いいでしょうか」

「でも、兄が帰宅しているかどうか、わからないです」

「お戻りでないなら、また伺います。できるだけ早く、お兄さんにお会いしたい」

突然の申し出に呆気に取られたけれど、大好きな二人が対面する姿を見てみたい。それに、ヴィクターと手をつないで現れたら、いつも翠の恐怖症の発作を心配している兄は、驚きながらもとても喜んでくれるのではないだろうか。

翠の返事を聞かないうちに、ヴィクターはアクセルを踏んで車を加速させた。

「決まりですね。では、急ぎましょう」

□□□

「どうぞ入ってください。散らかっていますけど」

彼の運転する車でアパートメントに到着すると、翠の自宅へと案内した。

だが自宅の部屋の前で立ち止まってしまう。様子がおかしかったのだ。いつもは鍵がかかっている扉が細く開いていていた。

「翠、どうしましたか」

「……何だか、いつもと違う気がして」

そう言って自宅の扉を開けられずにいるのを、ヴィクターは怪訝な瞳で見つめてきた。

「莫迦みたいなことを言って、すみません。でも、兄はいつも戸締まりをしっかりしているから、ぼくも神経質になってしまって」

いつもと違う異質さが、肌を撫ぜる不快さ。それを押し隠して扉を開き、部屋の中へと入ろうとした。だが。

「待ってください」

低い声で彼は囁き、部屋の中に入りかけた翠の腕を引っ張った。

「ここにいて。いいと言うまで、中に入らないで」

いきなり緊張が走る。家の中は、どうなっているのか。

(兄さん。いや、いつもなら、まだ帰ってこない時間だ。大丈夫。だいじょうぶ)

(どきどきする。苦しい。怖い)

(ううん、大丈夫。ぜったい、だいじょうぶ。だって。おにいちゃんだもの。おにいちゃんは絶対に強いもの)

すごく気持ちが悪い。倒れそうだ。でも、しっかりしなくちゃ。しっかりしなくちゃ。

意味もなく頭の中を言葉が回る。現実感がない恐怖に押し潰されそうだった。

「しっかりしてください!」

ヴィクターの大きな声に、ハッと現実に戻った。来るなと言われたが、部屋の中を覗き込む。

そこには信じられないものが見えた。

「兄さん！」

部屋の真ん中に横たわっているのは、血まみれの耀司だ。

6

「兄さん、兄さん！」

入るなと言われたことも忘れて部屋の中に飛び込んだ。そして耀司にしがみつこうとしたが、それを制したのは、やはりヴィクターだった。

「触れないで！」

彼は翠を一喝すると、耀司の隣に膝をつき怪我の具合を見た。

「腹部を刺されている。止血しなくては。翠、何か大きな布はありませんか」

彼は硬い表情でそう訊いてきたが、手が震え、まともに答えられなかった。それでも必死に頷くと、たたんだままソファに置いてあったシーツを差し出した。

「こ、これを……っ」

彼は頷くと薄布を裂き、あっという間に耀司の身体を止血する。

「ナイフが残っていない。犯人が持っているんだ」

その低い声を聞いても、内容は頭に入ってこなかった。兄が、この世で誰よりも大切な兄が血を流しているのだ。

「ヴィクター、このままだと」

「わかっている」

出血がひどい。一刻を争う事態だ。彼は、すぐに救急車を呼ぼうとした。だが、固く目を閉じている耀司が、息も絶え絶えに何かを言っている。

「大丈夫です。すぐに救急車を呼びますからね」

彼は身を屈めて、なだめる言葉をかけた。だが耀司は微かに首を振る。その反応を不審に思ったヴィクターが耀司の口元に耳を寄せると、微かな声が聞こえた。

「家の中に、あいつがいる……」

「あいつ?」

「俺を刺した奴が、まだ家の中にいる」

そう呻くと耀司は瞼を開き、隣室の扉を見る。そして震える手でヴィクターの服を掴み、囁く声で懇願した。

「お願いです。弟を、翠を連れて逃げてください。俺は捨てていい。でも、翠を助けてください。頼みます、頼みます……っ」

ヴィクターは耀司の手をぐっと握りしめると、安心させるように頷いた。

「翠は命に替えても守ります。気をしっかり持ってください」

彼がそう言うと耀司は微かに微笑んだように、翠には見えた。

「二人とも声を立てないで。いいですね」

ヴィクターはソファの後ろに耀司の身を引き寄せ、隣室の扉を開こうとする。すると扉が反対側から大きく開き、男が転がるようにして飛び出してきた。

「なんだお前は、どうして部屋にいるんだぁぁっ！」

男はそう叫ぶと、いきなりヴィクターに拳を振るった。不意を衝かれ、庇う間もなかった彼は顔を殴られて、うずくまってしまう。

（ヴィクター！）

その男がナイフを持っているのが目に入ったとたん、翠はぞっとした。

男が気まぐれで、うずくまり抵抗できないヴィクターを刺すことなんて簡単だ。奴は虫を殺すように簡単に、ヴィクターの命を奪うことができる。

恐ろしい想像に、身の毛がよだつ。

許さない。そんなことは、断じて許さない。

翠は声を洩らさないよう、自分の口を押さえた。その手は震えている。恐怖ではない。大切な耀司とヴィクターを傷つけた侵入者への怒りで、手が震えているのだ。

（あいつ、あの男……）

侵入者に、翠は見覚えがあった。いつかの夜、耀司と口論していた男だ。

（間違いない。あの時より、くたびれて見えるけど、あの時の男だ）

以前、見かけた時は、もっと洗練して見えた。だが今の彼は無精《ぶしょう》ひげが生え、髪がバサバサに乱れている。何より、目が尋常でないほど血走っていた。

「ヨウジは私のものだ！　私だけのものなんだ！」

淀《よど》んだ目で室内を一瞥《いちべつ》すると、ソファの後ろに隠れている翠と耀司が目に入ったらしい。男は憑《つ》かれたような瞳で、ゆっくりと近づいてくる。

「ヨウジ、私のヨウジ。さぁ、家に帰ろう。――帰ろう」

そう囁きながら兄弟の前に立ち塞がった男は、脅威だった。

翠は何もできなかった。ただ腕の中で苦しむ兄に覆いかぶさるようにして、抱きしめた。

「翠、逃げろ、逃げろって……」

「やだっ！　おにいちゃん置いて逃げたりしないっ。ぼくは逃げないっ！」

「莫迦野郎、いいから逃げろ。……逃げてくれ、頼む……っ」

耀司は苦しいのか、吐息のような声だった。いつも皮肉ばっかりで、自信満々の兄とは違う声。

なんて酷い目に遭っているのだろう。

翠は絶対に兄を見捨てないと決めた。

(兄さんは、ぼくが守る。盾になる。兄さんの代わりに死んでもいい)

何の悔いもない。何の悔いもない。何も。

ただ一つ心に引っかかる人の瞳が煌めく。

ヴィクター。この世で一番、きれいで美しいもの。きらきら光る風や水、空や星を固めて作ったような、そんな人。けして手が届かないけれど、優しく笑ってくれる人。

もう少し、一緒にいたかった。もうちょっとだけ二人で笑って、もっと抱き合ってもっともっと。そうしたら、だいすきって言えたのに。

「ヨウジを寄こせ」

すぐ背後から男の嗄《しゃが》れた声が聞こえた。翠は耀司にしがみついて動こうとしない。男は焦《じ》れたように大声を出した。

「邪魔をするな、お前も刺すぞ！」

そう叫びナイフを振り上げた男の背後から、ダイニング用の椅子が襲いかかった。安物の木製椅子は男にぶち当たって、バラバラに壊れた。

男は床に転がり、ナイフも床に落ちる。ヴィクターはその凶器を足で蹴《け》り部屋の隅へと遠ざけた。そして男を両手で押さえつける。

「くそ、放せ！」

男は悲鳴を上げて抵抗しようとしたが、力では敵《かな》わないようだ。ヴィクターは男の顎を、思いきり殴った。そして襟元を掴み持ち上げると、そのまま床に叩きつける。

男は声を上げることなく、気を失ってしまった。

「おにいちゃんっ！」

翠の悲鳴に反応したヴィクターが二人に駆け寄ると、弟に抱きしめられている耀司は、意識を失っていた。その顔色は土気色だ。

「翠、救急車だ！」

だが、翠は大きく震えて兄にしがみついて泣くばかりだった。

「おにいちゃん、おにいちゃんっ！　死なないで！」

「翠！」

最愛の兄の急場に我を失っている翠の肩を、ヴィクターは大きく揺さぶった。

「あ、ぼく……」

「彼を救えるのは今、きみだけだ。しっかりしてくれ！」

「す、救うなんて、ぼくには」

「できる。まず一つは救急車を呼ぶことだ。私はこの家の所在地を詳しく説明できない。きみしか救急車を迅速《じんそく》に要請することができないんだ」

そう言われて目が覚めたように、何度も瞬きを繰り返す。

そうだ、救急車で病院に運べば、兄は助かるかもしれない。

「ま、まず一つ。一つって、あとは」

「二つ目は救急車が来るまで彼の手を握り、名前を呼ぶんだ。生きろと、生きて再び抱きしめてくれと言うんだ。わかるか、きみしか兄さんを救えない！」

その一言に、翠の身体は電流が走ったみたいに震えた。そして抱きしめていた兄の身体をヴィ

クターに託《たく》すと、部屋の隅に設置してある電話機に飛びつく。

（そうだ、ぼくしか兄さんを助けられない。今すぐ救急車を呼ばなくちゃ、兄さんは死んでしまう。死んでしまう！）

溢れ出す涙を手の甲で何度も擦りながら、必死で救急に電話をかけた。今、自分にできることを、しなくてはいけない。

「きゅ、救急車とパトカーをお願いします。人が刺されました。出血がひどくて、意識がありません。すぐに来てください」

自分でも驚くぐらい、冷静な声が出る。ヴィクターが見守ってくれているのがわかる。涙はまだ頬を濡らしていたけれど、しっかりと話すことができた。

『救急車とパトカーを向かわせます。通報者と怪我人は、どのような関係ですか』

電話の向こうで、オペレーターの冷静な声が聞こえる。いつもなら、知らない人間と口をきくだけで、びくびく怯えていた。

だけど今の翠は受話器を固く握りしめ、はっきりとした声で言った。

「怪我人は佐伯耀司。ぼくの兄です。ぼくの名は佐伯翠。佐伯翠です！」

兄を助けるために、自分が今、できることをしなくてはならない。見知らぬ世界に怯えている暇は、一寸たりともなかった。

□□□

救急車で運ばれた耀司は、すぐさま別室へと運ばれて行った。

翠は車中で兄の手を握りしめていたが、彼が処置室へ運ばれ緊急手術となると聞いた瞬間、意識を失ってしまった。

気がつくと病院の一室に寝かせられており、そばにはヴィクターが座っていた。ぼんやりとその姿を見ていた翠は、ガバッと起き上がる。

「翠、急に動いてはダメです」

「兄はっ、兄はどうなったんですか！」

今までの翠とは思えないぐらい大きな声で、ヴィクターに詰め寄った。この剣幕に彼は驚くこともなく、翠の肩をそっと押さえる。

「警察の聴取は私が受けました。耀司の手術も終わっています。手術は成功しました」

成功という言葉が聞けて、喜びに涙が零れそうになった。兄はいつだって強い。そして誰よりも力強いのだ。よかった。ああ、よかった！

「ただし、悪い知らせもあります」

歓喜に満ちていた翠の表情が固まった。ヴィクターは眉根を寄せている。どうして、こんなに深刻な顔をしているのだろう。

「犯人は拘束され警察に連れて行かれましたが、取り調べの最中にトイレへ行くと言い出して、係員が目を離した隙に逃走したそうです」

とたんに緊張が走る。あの男が逃走しただなんて。

「病院内には、もちろん警察が配備されています。心配はいりません。彼は、お兄さんは自分を愛している、だから一緒に暮らすべきだと言っていたそうです。心神耗弱《しんしんこうじゃく》の疑いもあります。二人は恋人関係だったと言っていますが、何か心当たりはありますか？」

「犯人の男と兄は以前、部屋の前で言い争っていました。それに、郵便物を開封されたり、部屋の中が物色されたりしました。警察に届けようとしたら、兄が必要ないと言って止められました。その結果、兄はあいつに刺されたんです」

大きな瞳に涙が浮かぶと、ヴィクターはきれいにプレスされたハンカチを差し出す。

「きみは、よくやりました。救急車とパトカーを呼んだあと、耀司の手を握って、ずっと励まし続けていた。救急隊員も称賛していましたよ。よく頑張ったと」

ヴィクターの言葉を聞きながら、翠は別なことを考えていた。

兄は客だった男に刺された。それは売春をしていたから。では、なぜ兄は売春などしていたのか。翠を食べさせるため。

「最高の医療チームが耀司の手術をし、そばについています。集中治療室の硝子窓を通して隣室から様子を窺えます。行きましょう」

そう言われて身体が硬直してしまった。両親の死を、思い出したからだ。

つい先ほどまで元気だった両親は事故で急逝《きゅうせい》した。遺体を見て、翠は発作を起こして倒れてしまった過去がある。

怖い。最愛の兄が両親と同じように骸《むくろ》になってしまいそうで怖い。

その時、ドアがノックされてナースが顔を出した。

「失礼します。ブルワーさん、佐伯耀司さんの入院手続きをお願いしたいのですが」

どうして彼に、入院手続きの話が来るのだろう。その疑問が顔に出ていたらしい。ヴィクターは安心させるように微笑んだ。

「緊急事態でしたので、私が保証人となって入院手続きをすることにしました。ちょっと失礼して席を外しますが、すぐに戻りますからね」

その言葉に頷くと、彼は翠の髪にキスをして足早に部屋を出て行った。扉が閉まる音を聞いた翠は腕に刺さっていた点滴の針を抜き、ベッドから下りる。そして裸足のまま病室を出た。廊下に出るとエレベーターホールとは逆の方向にある階段を使い、階下へと走った。

なぜ自分は階段を下りているのか。

最愛の兄が死にかけているのに、いったい何をしようとしているのか。ヴィクターはつきっきりなのに、この臆病者。

責める声が頭の中で響き渡る。だが、あまりの緊張と恐怖に耐えきれなかった。

自分はなんて脆弱《ぜいじゃく》で、愚《おろ》かで、醜い生き物だろう。瀕死《ひんし》の兄のそばにいてやれない、汚い、醜い、愚か、弱い。いてもいなくても、いい人間。

とりとめのないことを考えながら、翠は裸足のままとぼとぼと夜の道を歩き続けた。凍てつく冷たさが這い上ってくる。

「おにいちゃんの入院費、どうしよう……」

虚《うつ》ろな声での呟きは、常人では理解できないだろう。

耀司が生きるか死ぬかの瀬戸際にいるのに、病院から逃げ出した。それなのに必死で入院費のことを考えている、この歪《いびつ》さ。そして、そのおかしさに気づかない自分。

ただ、ただ、傷ついた耀司のために、何かをしなくてはと思った。

そうだ。兄は自分の身を切り売るようにして稼いできてくれた。では自分も、同じように身体を売って稼ぐべきではないか。幸い、ヴィクターに触れられても発作は出なかった。怖いのさえ我慢すれば、できるのかもしれない。

何もできない自分がお金を稼ぐ。それには、身体を売るしかない。

歪んだ考えが、ぐるぐる回る。この極端な思考が、おかしなものと思えないのは、翠が追いつめられすぎているからだ。とても正しいことだと錯覚していた。

(おにいちゃん。ぼくが、おにいちゃんを、ぜったいに、助ける)

狂った思いに囚われながら、翠の足は以前行ったことのある下町へと向かっていた。

□□□

翠が目指したのは、以前、見知らぬ男に声をかけられた公園だった。ここならば、翠を買ってくれる物好きがいると思ったからだ。

しかし闇に包まれた公園は静かで、歩いている人もいない。

（前は簡単に声をかけられたのに）

売春は容認されているとはいえ、非合法。そうそう簡単に買ってくれる相手が見つかるはずもない。しかも、翠は少女でなく男だ。

深い闇の中で疲れ果て、途方に暮れる。

お金。――――お金が欲しい。

今まで一度も強く願ったことのない思いが、頭の中を支配する。

ずっと耀司に甘えて面倒を見てもらったからこそ、抱く必要がなかった思い。

（入院代と手術代と、それとおにいちゃんのいない間の家賃と光熱費とそれとそれと）

近くのベンチに座ると、その冷ややかさに腰が浮く。金属のベンチは夜風ですっかり冷たくなっていて、衣服を通して伝わってくるのだ。

「寒い……」

昼間は、あんなに楽しかったのに。

優しい笑顔を向けてくれる、夫人とヴィクター。あたたかく、光が溢れる伯爵邸の中、誰もが幸福な気持ちでいた。それなのに。

どうして自分は今、こんなにも悲しく泣きたい気持ちで、身体を売ろうと歩き回っているのだろうか。どうして。

そこまで思いを巡らせて、頭を抱え込む。

「ううん。ぼくは、どうなってもいい。おにいちゃんを助けなくちゃ……」

ふと脳裏を過ったのは明るい浴室の中、溺れていた翠を助けてくれたヴィクターの瞳。

天井まで届く植物。垂れ下がる蔦《つた》。緑の乱反射。びしょ濡れだった彼と翠。肌をすべる水滴と、滴《したた》り落ちる汗。王子様のくちづけを待つような、潤んだ瞳の自分。

物思いに耽りそうになっていた、その時。背後から肩を叩かれてビクッと震えた。悲鳴を堪えられたのは奇跡のようだった。

(ヴィクター!)

とっさに、愛しい人の顔が浮かぶ。

病院から飛び出していった自分を心配して、迎えにきてくれたんだ。こんな寒い夜の中なのに、捜してくれたんだ。感激に目を潤ませながら、振り返った。

「よ、よぅ。さっきからフラフラしているけど、な、何か探しているのか」

翠の目の前に立っていたのは、下卑た表情を浮かべた見知らぬ男だった。

吃音《きつおん》がひどい。白髪まじりの茶色の髪はボサボサで、手入れされていないのが一目瞭然だ。凡庸《ぼんよう》な印象だったが、目の光が鋭い。それが怖いと思った。

「さ、さ、さっきから見ていたぜ。売春か？　そ、それとも家出か」

顔を近づけられて、身体が竦む。

（大丈夫。だってヴィクターとは触れ合えるようになった。ぼくの病気はよくなっている）

「家出じゃありません。ぼくを買ってくれる人を探していたんです」

思いきって言うと、男はヒューッと口笛を鳴らす。それが、ぞっとするほど下品に見えた。

「やっぱりな。どこかに男はいないかって顔でいただろう。で？　いくらだよ」

そう訊かれて、答えに詰まる。翠はもちろん、売春の平均的な値段など知らない。

「あの……」

小さな声で告げた金額に、男は大きく舌打ちをする。

「ずいぶんお高いな。まぁ、こんなに上玉は久しぶりだから仕方ねぇか」

当てずっぽうで言った額は、高すぎたらしい。男はシャツの上からこちらの腕を掴むと、強引に歩き出す。そのとたん冷や汗がどっと出て脚が震える。翠はパニックを起こしそうになった。

（腕を握った……っ。でも、腕ぐらい当たり前なんだ。我慢しなくちゃ。大丈夫、我慢さえすればきっと発作は起こらない。大丈夫。……大丈夫）

滑稽《こっけい》な決意だったが、本人にとっては大真面目だ。

「よ、よ、よし。ここに入るか。そ、外よりいいだろう。トイレでやろうぜ」

男が親指で示したのが、公園の中のトイレだ。

その一言に、ぞっと寒気が走る。

「いや、いやです……っ」

真っ青になってかぶりを振ると、男はまたしても大きな舌打ちをした。

「き、気取るなよ。いいから来い」

掴まれたままの腕を引かれて、強引にトイレに連れ込まれてしまう。薄汚れていて臭気のする場所に、涙が出そうだった。

男は翠を突き飛ばして個室に押し込むと、自らも入って後ろ手に鍵を閉める。施錠の音が、死刑宣告のように聞こえた。

「ホラ、な、舐めろよ」

いきなり目前に出された男の性器を見て、翠は全身に鳥肌が立つ。

(悪魔。あいつだ。あいつが、またぼくを喰らいにきた。あの悪魔が)

頭の中に、施設で受けた虐待がよみがえる。

赤いバスローブを着た悪魔も、こうやって性器を出した。幼い翠の口の中に押し込んで、何度も揺すった。とたんに吐き気が込み上げる。

男は翠の髪を掴むと、強引に口を開かせた。そして自らの性器を口腔《こうこう》へ突っ込む。

「ぐぅ……っ」

「な、なんだよ、グダグダ言っていたけど、い、いい舌じゃねぇか。よし、もっと吸い込め」

男は気をよくしたように言い、さらに性器を翠の口の奥へと突き上げる。嘔吐感《おうとかん》はひどくなっていく。翠は必死に男のデニムに爪を立てた。

頭の中が破裂しそうだった。

ヴィクターが優しく丁寧に接し、少しずつ慣れさせてくれた翠の心。それが無残に千切れたネックレスのように、バラバラと落ちて転がっていくみたいだった。

(きもちわるい。男の性器の臭い。息ができない苦しさ。掴まれた髪の痛さ。トイレの臭気。気持ちが悪い。でもお金が。お金が欲しい。おにいちゃん。たすけなくちゃ)

「ひぃっ」

身体が跳ねるように、大きく痙攣した。

頭の中の芯が切れた感じ。翠は身体を強張らせながら、男を突き飛ばした。

「な、なんだぁ、こいつ」

「ひぃぃっ、ひぃぃっ、ひぃぃっ!」

身体を丸めて引きつけを起こす。過呼吸だ。子供の頃から、何度か経験がある。

でも何度繰り返しても慣れることなどなく、冷静な判断はできない。

苦しい。苦しい。息ができない。苦しい。死んじゃう。

呼吸ができない苦しさと恐怖。その二つが襲ってきて、必死で手を伸ばし、何かにすがろうとした。でも何も摑めない。もう死ぬんだ。死んじゃうんだ。

こんな汚いトイレの中で。見知らぬ男の性器を咥《くわ》えたあとで。虫みたいに丸まって死ぬ。滑稽で、愚かで、惨めすぎる死。

(どうして？　治ったんじゃないの？　ヴィクター。おにいちゃん。ヴィクター、ヴィクター、たすけて……っ)

もがいている翠を見て、男は怯えてしまったらしい。そそくさと身支度をすませた。

「お、おい。俺は関係ないからなっ。お前が勝手に引きつけ起こしたんだ。お、お、俺は無関係だ。金は置いていくから、文句つけるなよ！」

倒れている翠に向かって、男はたたんだ札を放り投げ、個室を出て行ってしまった。

昼間、あれだけ幸福な気持ちだったのが幻のようだった。ヴィクターも夫人も、あの美しく煌びやかな屋敷も、夢だった。

翠は薄汚い個室で一人、息ができずにもがき苦しんだ。兄を犠牲にして、のうのうと暮らしていた罰が当たった。何もかも、自分のせいだ。

この報いを甘んじて受け止めなくてはならない。兄を苦しめてきた自分には似合いだ。

息ができない苦しさの中で、悲しい感情が翠を苛んでいた。

□□□

どれくらい時間が経ったのか。数時間、それとも数分の出来事だったのか。

翠が目を開くと、薄暗い公衆トイレの個室に座り込んでいた。周囲には男がばらまいた札が、何枚も落ちている。男の性器を咥えた報酬だ。

頭痛がする。喉も痛いし身体中が痛い。そして冷えた床に座り込んでいたせいで、冷えきって指が動かない。それでも床に這いつくばり、落ちている紙幣を拾った。その札をポケットに捻《ね》じ込むと、見落としていないか、目を眇める。

以前の翠からは考えられない行動だ。だが、恥ずかしいとは思わない。死にそうな思いをして稼いだのだ。そして、このお金は兄のため。

札を拾い終えると、ふらつきながらトイレから出た。辺りは闇の中だ。

翠は公園の水飲み場で口をゆすいだ。何度もゆすいだ。あの男の臭いが取れなくて、頭がおかしくなりそうだった。氷のように冷たい水で顔も洗い、服がびしょ濡れになった。

どんなに洗っても、汚い。

自分は汚い。もう消えてしまいたい。嫌悪感から自分の破滅を願い、それでも、ゆっくりと歩き出した。うちに帰りたい。兄と暮らすアパートメントに。

痛む身体で我が家に帰ると、室内は荒れ果てたままだった。

惨状は、思っていた以上に生々しい。床を汚す血痕《けっこん》。たくさんの足跡。警察が指紋を採取したらしい。部屋中に銀色の粉が散っている。これが自分の家とは、信じられなかった。思わず浮かんだ涙を、拳で拭う。

帰ってきても、兄がいるわけがない。兄は病院の集中治療室だ。

翠はポケットから数枚の札を取り出した。クシャクシャの紙幣だ。それと、夫人からもらった大切なお金。よくも落とさずに帰ってこられたと思う。

汚い金と思いやりに満ちたお金。このお金に対する思いは違うけれど、大切なお金だ。

翠はバスルームに入ると着ていた服を脱ぎ、すべてゴミ箱に叩き捨てる。この服がある限り、公園での恐怖と屈辱がよみがえるだろう。二度と見たくもなかった。

バスタブにお湯を溜めながら、何度も髪や身体を洗う。洗っても洗っても、汚れが染みついている気がした。

自分の甘さに涙が零れる。ヴィクターと触れ合うことができるようになったから、自分も耀司と同じ仕事ができると思い上がった。身体を売るのは気持ちを粉々にさせる、つらい行為だ。その痛みを身をもって知ることになってしまった。

翠の理性は崩壊寸前だ。何かを考えようと、必死で脈絡もなく記憶を探る。何でもいい。頭がおかしくなりそうな状態から、救われたい。狂わないように。自分を保つために。

ヴィクター。唐突に思い描いたのは、きれいで優しい人の面影。

他人に触れられるだけで怯えて死にそうになる自分を、好きだって言ってくれた。優しく接してくれた。マダムの微笑み。優しい空気。部屋の中を流れるクラシック。お茶の香り。微笑みながら見つめてくれる彼。

優しい記憶が翠を包む。捩じ切れそうだった気持ちが落ち着いてくる。でも。

でも、その時、最愛の兄は刺されていた。どんなに怖かったろう。痛かったろう。苦しかったろう。悔しかったろう。翠に、助けてほしいと思っただろう。

苦しい。逃げたい。おにいちゃんに会いたい、抱きしめてもらいたい。

考えているのがつらくて、温かいお湯の中に顔を沈める。ほんの少しだけホッとした。

『きみは、眠り姫でいいんです』

揺らぐ頭の中でヴィクターが翠の名を呼んでいる気がする。

『翡翠の森の奥深く、王子が来るのを待ち続ける。そんな姫君でいてください』

いつか聞いた睦言が、頭の中をかけめぐる。

そうだ、もう眠ろう。何も見ないようにして、何も聞かないようにして。

急激な眠気の中で目を閉じ、深く息を吐いた。このまま目を閉じれば、また王子様が自分を迎えにきてくれるだろうか。そう思いながら、羊水のようなお湯の中へと沈んでいった。

□□□

『お前が俺を誘っている。制裁を加えてやるから、有難く受け取れ』

また悪魔が来た。口の端から涎《よだれ》を垂らして翠を見ている。こわい。

『お前は天使の顔をしながら俺を堕落させる悪魔だ。耀司の負担にしかならない悪魔め』

違う。ぼくは悪魔じゃない。悪魔じゃない。触らないで。もう嫌だ。

そう言いたかった。でも、なぜだか声が出ない。苦しい。息ができない。

『耀司が身体を売るのも、お前のせいだ。自分が負担になっていなかったと思っているのか』

やめて。やめて。もう言わないで。これ以上、もう責めないで。

『お前が俺の相手をしないなら、今度は耀司に相手をさせてやる。そうやって、ずっと人に甘えてきたんだな。耀司だって、お前なんか放り出したかった。お前は耀司の疫病神だ』

辛辣《しんらつ》な言葉が身体を刺す。涙が瞳に浮かび上がってきた次の瞬間、明るい声が響いた。

「黙れ。俺は翠がいたから生きてこられたんだ」

その声が響いたとたん、一陣の突風が吹いた。

悪魔は凄《すさ》まじい悲鳴を上げて、たちまち吹き飛ばされていく。

飛ばされていく悪魔。その姿を呆然と見つめていると、目の前に耀司が立っていた。

「おにいちゃん……」

泣き濡れた顔で耀司を見上げて呟くと、彼は困った顔で翠に笑いかけた。

「俺がお前を嫌うわけがないだろう。翠、お前は俺の唯一無二だ」

耀司はそう言うと、翠をぎゅっと抱きしめる。

「さあ、行こう。俺たちが、ずっと行きたかった新しい世界に行くんだよ！　お前を愛してくれる人がいる、美しい世界だ。今なら、まだ間に合う」

間に合うとは何のことだろう。翠が戸惑っていると、強く手を引かれた。

「に、兄さん。兄さんも一緒に、ずっと一緒に……」

そう言って手を差し伸べようとすると、パチンと叩かれる。そして、

「ばーか」

そう言うと、いたずらっ子のように笑った。今まで一度も見たことがない、子供みたいに屈託ない明るい表情だ。次の瞬間、目が開かぬほどの光に包まれる。

それと同時に、鋭い声が聞こえた。

「翠！」

重くなった瞼を、必死で持ち上げる。半分も開いていない視界に映るのは、いつも優しい眼差しをしたあの人。

ヴィクター。ごめんなさい。

ごめんなさい。ごめんなさい。ごめんなさい。――――だいすき。

7

「翠、しっかりしなさい！　翠！」

ヴィクター！　ヴィクターの声！

彼の声だと認識したとたん、濁流に巻き込まれたような感覚に囚われ、瞳を見開いた。

「ごほっ！　ゴホゴホごほっ！　げほっ！」

翠は顎を摑まれて、ヴィクターに息を吹き込まれていたのだ。二人とも頭から、ぐっしょり濡れていた。伯爵家で溺れていた時と同じように、また助けてもらったのだ。

翠は浴室の床に横たわり、きつい表情のヴィクターに見下ろされている。彼は自分が濡れるのも厭《いと》わずに、応急手当てを施してくれたのだ。

「翠、翠……っ。ああ、神よ、感謝いたします」

美しい瞳を潤ませた彼は、強く抱きしめてくる。その抱擁に涙が出そうだ。

そして、こんなにきつく抱きしめられているのに、恐怖症の発作が出ていない。さっきは、知らない男に過呼吸になったのに。やっぱり治ってなかったんだと思ったのに。

「とにかくリットンの屋敷に行きましょう。今のきみに、病院は無理です」

ヴィクターはきっぱりと言いきると、「ライアン、こちらに毛布を持ってきてくれ」と大きな声を出した。するとすぐに体格のいい、制服を着た青年が現れる。

この人には見覚えがある。確か、リットン家の運転手だ。

「では、翠様をお車までお連れします」

ライアンは軽く挨拶をすると、大きな手を翠に向かって伸ばそうとする。ビクッと身体を震わせた翠を庇うように、ヴィクターが「大丈夫」と言った。

「この子は私が連れて行くよ。きみは先に車に行って、車内を暖めておいてくれ」

「かしこまりました」

言いつけられたライアンは、頭を下げてから部屋を出て行った。ヴィクターは毛布でそっと翠を包んでくれる。

「キス、してもいいですか」

さっき人工呼吸をしてくれた唇。くちづけの意味合いが強くなると、とたんに艶めかしく感じる。

肯定のつもりで顎を軽く上げた翠は、ヴィクターの唇が触れそうになった瞬間、顔を伏せてしまった。勝手に拒んでしまう身体を、どうにもできない。本当は、キスして欲しいのに。

「きみは、小鳥のように繊細で怖がりだ」

怒ったふうではなく、ただ悲しさを含んだような声だった。

「緊急事態です。少しの間、辛抱してください」

ヴィクターはそう言うと、翠を抱き上げて迷いもなく歩き出した。

□□□

深夜に到着したリットン伯爵邸は、真夜中だというのに何人もの使用人たちが翠のために待ち構えていた。その中には、ケイトもいる。

そこへ運転手が開けた扉から中に入ってきたのが、翠を抱きかかえたヴィクターだ。とたんに数人いたメイドたちが群がるようにして取り囲む。

「ヴィクター様、翠様のバスはご用意してございます」

「温かいミルクティーとホットレモン、どちらにいたしましょう」

一斉に話し始める様は、まるで小鳥のさえずりだ。翠はヴィクターの胸に顔を伏せてしまう。ヴィクターも笑みを浮かべている。すぐにケインがパンパンと手を叩いた。

「翠様をバスにお連れしなさい。ヴィクター様も濡れておられます。すぐにお着替えを。温かい飲み物は、ミルクティーでよろしいでしょうか？」

最後の問いかけは、ヴィクター本人へ。問われた当人は「それでいいよ」と頷いた。

「翠は私がこのまま連れて行こう。手伝いはいらないよ。日本人は恥ずかしがり屋なんだ」

彼は客室に作りつけのバスへと連れて行くと、翠をマットが敷いてある床に下ろした。

その時、不意に先ほどヴィクターにされた人工呼吸がよみがえる。

一度めは、うっかり眠ってしまった事故のようなものだ。

けれどさっき自分たちのアパートメントでバスに入った時、翠は死んでもいいと思っていたのではないか。

今になって怖くなってくる。自分はあの時おかしくなっていた。

早くお湯を浴びて落ち着きたくて、巻きつけられた毛布を脱ごうとした。すると、広い浴室の壁にもたれたヴィクターが、両腕を胸の前で組んだ恰好で、自分を見ている。

「あの。ぼく一人で大丈夫です」

「心配だから、見ています」

「ヴィクターに見られているほうが緊張して、溺れちゃいます。一人で大丈夫です」

必死で言い募ると彼はようやく頷いた。

「正気に戻りましたか。ちょっと残念ですね」

「え？」

大真面目な顔で言われたので、からかわれたことに気づかなかった。だが、すぐに彼が何を言っているか理解して、顔が真っ赤になった。

「ヴィ、ヴィクター……っ」

「そんなに恥ずかしい目に遭いたくないなら、もう溺れないでくださいね。まぁ、何度溺れても、私は構いませんが。必ず助けますから」

声や態度はいつもと同じく紳士的だったが、言うことが際どい。彼は言いたいことは言ったという表情で、浴室を出て行った。

その後ろ姿を見守っていると、なぜだか涙が出る。

「あ、や、やだな。何で涙なんか……」

慌てて両手で滴を拭い、浴槽に浸かる。その温かさに、溜息が洩れた。身体が冷えきっていたのだ。お湯に浸かったら指先がジンジンして痛い。

自分は危ない状態にいたのだと思い知る。

しばらくお湯の中にいたあとは、念入りに髪と身体を洗った。洗ったからといって、公衆トイレでの出来事は忘れられるわけがない。それでもゴシゴシ洗う。

耀司は翠を育てるために売春を選んだ。それならば、翠も同じでいい。だから、公衆トイレの床に散らばった紙幣を拾ったのだ。兄に生きてもらうためだから。

そう納得しているのに、どうして涙が出るのだろう。

どこか諦めに似た気持ちでいたけれど、涙が溢れて頬を伝う。その滴に気づいて頬を押さえた。

なぜ泣くのだろう。苦しいのか、悲しいのか。

自分がどうしたらいいのか、わからない。

涙を流し続けながらも、翠には結局答えが出なかった。

「翠様、お疲れ様でございました」

浴室から出た翠を、メイドたちが待ち構えていた。きょとんとしていると、優しく部屋の中に通され、グラスに入った水が差し出される。

「お身体にまだ冷えがございますから少しだけですが、入浴後は水分が必要ですから」

「蜂蜜《はちみつ》を入れたハーブウォーターとミルクティーの、どちらになさいますか」

「あ……ありがとうございます。じゃあ、冷たいほうを……」

それだけ言ってグラスを飲み干すと、メイドたちがホッとした顔をしている。

「さぁ、翠の水分補給も終わったようだし、今日はもういいよ。遅くまでありがとう」

ヴィクターの声に、彼女たちは可愛らしく微笑み退室していく。みんなが翠を心配してくれているのだ。こんなに気を遣ってくれて、ありがたいと思った。

「どうかしましたか?」

黙り込んでしまった翠を心配したのか、優しい声をかけられた。

「湯冷めをしないうちに、横になりましょう。いらっしゃい」

勧められるままベッドに入ると、優しく羽毛の上掛けをかけてくれる。その様子は恋人というより、優しいお母さんのようだった。思わず翠の口元に笑みが浮かんだ。

「何も考えず、ゆっくりとお休みなさい。きみのことは私が守りますから、何も怖がらなくて大丈夫です」

寝かしつける子供をなだめるような、お母さんの言葉。それに頷くと、甘い眠りを貪った。

しあわせ。しあわせって、こんなことを言うんだ。

寒くなくて、手足が温かくて、何も怖くなくて、いい香りがする。

こんなに心が穏やかな眠りは、ものすごく久しぶりな気がする。もしかすると、赤ちゃんってこんな気持ちなのかもしれない。

とても安らかな気持ちで眠りにつき、朝になると気持ちよく目が覚めた。

大して寝ていないはずだけど、目覚めがすごくいい。頭の中がクリアで、気持ちいい。

気分よく起き上がりベッドを整えて顔を上げると、ベッドの対面にある椅子にヴィクターが座ったまま眠っていた。服は昨夜も見たシャツとセーター、同じズボン。

「ヴィクター、起きて。起きてください。風邪を引いちゃいます」

よく寝ている彼にそう言うと、「うーん」と低い声で唸られる。翠は自分が寝ていたベッドから毛布を剝がし、ヴィクターにかけてあげる。

「温かいね。きみのぬくもりだ」

突然はっきりした声で言われて、ビクッと身体が竦む。寝ているとばかり思っていたのに、彼は目を開いていた。

「び、びっくりした、驚いた。起きてたの？」

驚いたせいで思わず幼く言うと、ヴィクターは口元だけで微笑んだ。

「私の眠り姫の目覚めを待っていたら、私が眠ってしまいました」

彼は手を伸ばし、翠の髪にそっと触れる。

「強くなってください」

「え……」

突然の言葉に翠が驚いていると、ヴィクターはうっすらと微笑んだ。

「今のように風が吹いたら倒れそうになる風情《ふぜい》は、とても美しい。でも、きみと野原に出たら、どんなに素敵だろうと考えます。たくさんのものを一緒に見られたら、一緒に笑えたら、一緒に感動できたら、とても嬉しいです。――――心が震えるほどに」

「ヴィクター……」

「硝子の箱に閉じ込めるのは簡単だけど、私は人形でなく、翠、きみと一緒に生きたい。硝子の箱から出て、このすばらしく退屈で美しい現実を生きましょう。いいえ、一緒に生きてください」

彼の瞳は、窓からの光を反射していた。言い知れぬ悲しみと、もどかしさ、苦しさが伝わってくる、そんな眼差しだ。

「いつまで兄さんを待つ姫君でいるつもりですか。そうではないでしょう。人間は、自分の力で立たなくてはならない。逃げることは負けを意味します」

接触恐怖症という病気の後ろに隠れて、逃げ続けている自分。一人になったら、きっと足元が崩れ落ちる。きっと立っていられない。きっと死んでしまう。

「私はきみの支えになれませんか」

不意の言葉に翠が驚いた顔をすると、ヴィクターが夢のように美しい眼差しで見据えてくる。

翠は言葉を失ってしまった。

「きみが苦しい時、私は支えたい。どんなにつらいことがあっても、私の胸で微睡《まどろ》んでいてほしい。そのために私はそばにいる」

「ヴィクター……」

「人間は何のために知性を備えていると思いますか」

「知性？」

「そう、知性。考え理解し判断することです。そして知識を吸収し向上するのが、人間の知性です。人を愛し理解し慈しむ情緒。これも知性でしょう。兄弟愛も、もちろん愛です。でも近親者との愛に閉じこもるのは、知性的でない。……翠、お兄さんに会いに行きましょう」

その言葉に、動揺が走る。兄の入院費のために、身体を売った。そこまでしたのに、どうして会うのが怖いのか。

「兄があんな目に遭ったのは、ぼくのせいです。売春をしていなければ、あんな男と知り合いにならなかったし、刺されることもなかった。ぼくが熱を出して倒れたから、だから兄さんは身体を売った。何もかも、ぼくのせいです。ぼくは兄に、会えません。それにぼくにはもうヴィクターに優しくしてもらう価値はない。ぼくは昨日、男に金をもらいました。ぼくは――」

熱に浮かされたように話して、ハッと気づく。昨夜自分が何をしたのか、耀司がどんな仕事をしていたか、ヴィクターに吐露してしまった。

血の気が引き、動悸が激しくなる。だが、言ってしまった言葉は取り戻せない。

自分は莫迦だと大声で泣きたいような、笑いたいような感情に襲われる。

必要があってしまようとしたことだった。でもヴィクターには知られたくなかったのだと自分の本心に気づく。また、兄を恥じる気持ちは、一切ない。自分を食べさせるために身体を売っていた耀司は、翠の誇りだ。誰かが兄を嗤《わら》ったならば、命がけで抗議してやる。ただ、本人の口から伝えるのと、兄が隠していたことを翠が勝手にしゃべってしまうのは、ぜんぜん違う。

でも、今しゃべったことが原因で、ヴィクターとの縁が切れても仕方がないとさえ思った。

「きみは今、岐路《きろ》に立っている。他人を愛するか愛さないかという、知性の岐路です」

翠の目の前に、二つに分かれた道が見える。

その一つがヴィクターに向かい、もう一つが耀司に向かい伸びているのは幻覚か。

「ヴィクター……」

「誰にでも誤ちはあります。でも今、きみは正しい選択をしなければならない。お兄さんに会いに行きましょう」

はっきりとした声で、そう言った。彼の瞳に、迷いはない。

『強くなってください』

穏やかで紳士的な青年貴族の一言が、今さらながら身体中を駆け巡る。

甘えるな。そして、逃げるな。その言葉が、魂の奥深く突き刺さる。

「きみがどんな誤ちをおかそうと、どんなに苦しくても、私が支えます。どうか強くなってください」

先ほどと同じ言葉を口にすると、ヴィクターは翠の髪に優しくキスをする。

そして噛んで含めるように、一言一句はっきりと言う。

「さぁ。お兄さんのところへ行きましょう」

□□□

二人が耀司の入院する病院に到着すると、すでに執事のケインが、車椅子を用意して駐車場で二人の到着を待ち構えていた。その用意周到さに驚いてしまう。

「翠様、お加減の方はよろしいので」

「大丈夫です。すみません。ケインさんにまで、ご迷惑をおかけして」

「とんでもないことでございます」

翠は大げさだと思ったが、車椅子に座った。その車椅子をヴィクターは執事の手を借りることなく自ら押して歩き、棟の奥に進みエレベーターに乗り込んだ。

翠の顔色はどんどん悪くなり、指先は血の気を失ったように冷たくなる。

まだ幼い時に入った死体安置所《モルグ》。薄暗くて空気が冷たかった。思い出すだけで、身体が震える。あそこに両親が横たわっていたことを思い出し、貧血みたいに身体が揺れた。どうして自分は、こうも脆弱《ぜいじゃく》なのか。

エレベーターが上昇し、最上階に到着した。ヴィクターに車椅子を押されて廊下に出ると、そこは一般病棟ではなかった。

壁の造りが一般の病棟と違って洗練されているし、優雅な絵画も飾られている。それに、たくさんの生花も飾ってあるので、病院というよりホテルのような優雅さだ。天井の灯《あか》りも素っ気ない蛍光灯でなく、淡く照らしていて居心地がいい。

廊下を行き交うナースの姿だけが、ここはホテルでなく病院だと知らしめていた。

周囲を見回していると、廊下の一番奥の部屋の前で車椅子が止まる。

「こちらです」

ヴィクターはそう言うと、躊躇することなく扉を開き、病室の中へと進む。怖くて顔を上げられない翠に彼は、「お兄さんを、見てあげなさい」と言った。

翠が目を開くと、そこは過去に入ったことがある安置所とは、まるで違った。

室内は光量を控えていたが、いくつも医療器具が並び、横たわっている人は、微かな呼吸音から息をしているのがわかる。

「兄さん」

仄暗《ほのぐら》い光の中に見えるのは耀司の姿。そして彼の肌の色は、死体のそれではなかった。

「兄さん、兄さん……っ」

生きている。生きている！

思わず駆け寄ろうとしたが、身体が自由に動かない。もどかしげに身を捩る翠の車椅子を、ヴィクターは耀司のそばへと進めていく。

「お兄さんは予断を許しませんが、命を取り留めました。奇跡と言っていいでしょう」

その言葉に目を開けていることができず、思わず両手で顔を覆う。頭の中でファンファーレが鳴り響いたような、そんな感覚に陥った。

「ヴィクター……っ」

背後に立っている彼の名を呼ぶと、力強く頷かれる。

「まだ話はできません。近くに行って顔を見るだけです。いいですね？」

そう言われて何度も頷くと、枕元まで車椅子を近づけてくれた。

兄は息をしている。胸のあたりが、静かに上下しているのは幻じゃない。

「おにいちゃん……」

翠が囁くと、その気配に気づいたのか、ふっと耀司の瞼が開く。翠が慌てて彼の手を握ると、微かに唇が動いた。

「え？　何？　何て言ったの？」

翠がそう尋ねると彼はまた小さく呟き、そして瞼を閉じる。眠りに落ちたのだ。

室内にはヴィクターの祖母もいて、今の様子を見て、少し首を傾げている。

「お兄様は何かおっしゃっていたけど、聞こえた？」

そう訊かれて、翠は笑った。

「夢の中でも、同じことを言われました」

「夢の中？」

「はい。憎ったらしい声で、『ばーか』って」

品のいい夫人にとって、意外すぎる言葉だったらしく、キョトンとしていた。そのびっくりした顔が少女のようで、何だかおかしい。

「心配した弟に、ひどいです。まったく。……まったくもう」

翠は笑いながら、溢れる涙を必死で拭う。床に座り込み、大声で泣きたいぐらいだ。

（かみさま、かみさま。ありがとうございます）

（おにいちゃんを返してくださって、本当に、本当に、ありがとうございました）

（感謝します）

また涙が溢れそうになるのを誤魔化すように兄の手を握り、その温かな掌にキスをする。ゴツゴツしているが柔らかく、そして、脈動が感じられる手。生きている証だ。怖い考えを追い払うように。耀司の手へもう一度キスをする。それからヴィクターの顔を見る。だが。

（え？）

その時、彼は戸惑ったような、泣き出しそうな、困った表情を浮かべていた。

それがあまりにも予想外だったので、翠は声をかけることができなかった。

何と表現したらいいのだろう。ヴィクターは、困っていたのだ。そして、その気持ちは翠にもわかるぐらい、顕著なものだった。

8

「おにいちゃん。また牛乳を飲んでいないし、野菜スープ残しているよ」

「そうですね。至りませんで申し訳ございません。以後、気をつけます」

言葉では丁寧であるが、態度はこの上なく、ふてぶてしい。それがベッドに横になっている耀司だ。文句を言う弟に顔を向けることなく、彼は新聞のクロスワードを見ていた。

「その不貞腐《ふてくさ》れた言い方も、どうかと思う。来週からリハビリが始まるんだから、今のうちに頑張って、体力つけなくちゃ」

「うまいもの持ってこい。そうしたら、考えてやる」

「……要するに病院生活に飽きたんだね」

この難癖に翠が呆れ返ったその時、トントンと扉がノックされ、その後ろからヴィクターと夫人が顔を出した。

「ごきげんよう。元気になられたのですね。よかったわ」

夫人の優しい声に気づいた耀司は、ハッとしたように姿勢を正す。

「失礼しました。リットン伯爵夫人でいらっしゃいますね。見苦しい姿で失礼します」

「わたくしは隠居の身。エリザベートで結構ですよ。爵位は孫が授爵したもの」

その背後に立つ青年が、穏やかな笑みを浮かべて耀司に挨拶をする。

「お寛ぎのところを失礼。ヴィクター・ブルワーと申します。ヴィクターと呼んでください。私もあなたを、耀司とお呼びしてもよろしいですか」

「光栄です、ヴィクター。その節は本当にありがとうございました。あなたのことは、弟からよく聞いております」

二人は握手を交わし、夫人も耀司に優しいハグをする。

「マダム、ヴィクター。ここの手術費や入院費をご負担してくださっていると、弟に聞きました。大変ありがたいことですが、こんな立派な病室、身に余ります」

耀司の言うとおり、この特別室を手配してくれたのはブルワー家だ。翠たちの家計状況では、こんな部屋に入院するなんて考えられない。

「今はお金のことでなく、傷を治し社会復帰することを第一に考えましょう」

「しかし」

「翠は、わたくしの家族。お兄様のあなたも同様なのですよ」

老婦人の優しく寛容な言葉に、耀司は声を詰まらせ、しばらく無言だった。

こんなふうに厚意を示されたことが、なかったからだ。

「俺は、そんなによくしていただける人間じゃありません。翠も、ずっと人と接することが苦手な子でした。ですから、ご迷惑をおかけしていないか、冷や汗ものです」

「翠は礼儀正しく、とても明るく頑張ってくれています。私とボランティアの真似事で施設に訪問した時も、子供たちと遊んでくれました。感謝しています」

ヴィクターの言葉に驚いた耀司が、弾かれたように顔を上げる。

「初耳です。翠、そんなとこに行って、他の方に迷惑をかけたりしなかったか」

「ちっちゃい子に抱っこをせがまれたけど、やってみたら平気だったよ。ストロベリーフィールズって施設でね、所長のジョンソン・コリンズって人にも挨拶した」

「ジョンソンって男だろう。お前、本当に大丈夫だったのか」

「身体が大きな男の人だったから怖かった。でもね、ヴィクターが庇ってくれたの。ぼく、病気のことをまだ言っていなかったのに。それにジョンソンは優しかった。ベタベタした優しさじゃなくてドライなの。でも、みんなに気遣ってくれる人でね。それにぼく、恐怖症が少しずつよくなってきていると思うんだ」

耀司は驚きの眼差しで翠を見ていたが、大きな溜息をつく。

「そうか。大丈夫だったか。……そうか」

安堵の溜息をつかれて、自分がどれだけ兄に迷惑と、そして心配をかけてきたか思い知る。自分の存在は、本当に心配のタネなのだ。

もっと、ちゃんとしよう。ちゃんと恐怖症を治して、少しでも兄の役に立てる、そんな人間にならなくては、耀司はいつまでも安心できない。

そう思った時、兄が口を開いた。

「今まで俺がしていた仕事の話をしたいのですが、ぜひヴィクター、それにマダムにも聞いてもらえないでしょうか。もちろん翠にも」

改まって、いったい何を言うのだろうと思ったその時。

「俺がこの間までしていた仕事は実は」

「ストップ」

突然ヴィクターはそう言うと、耀司を見つめた。

「不躾《ぶしつけ》に失礼。ですが、今のあなたは、まだ治療中で気持ちが落ち着いていないはずです。それに、話そうとされている内容は、レディに聞かせるにふさわしい内容ではない、……かもしれません。その話は退院して落ち着いてからにしませんか」

その一言で、耀司は我に返ったようだ。

(兄さんは今までの仕事のことを話そうとしたのに、ヴィクターはそれを止めた。確かに、レディに聞かせられる内容じゃないよね)

本物の貴婦人に男娼の話など聞かせられない。何より耀司が自分の傷をこじ開けると、危惧したからだろう。

「ヴィクター、あなたの言うとおりです。本当に話したかったのは、仕事のことじゃない。俺を刺した男のことを言いたかった。彼の名はエディ・ナイベット。俺の友人です」

「バーナード男爵の子息、エディですね」

その言葉に耀司は驚いたように、瞬きを繰り返した。

「ご存じでしたか」

「貴族社会は、実に狭いですから。ただ、あの事件の際は、とても憔悴しきっていて面変わりされていたから、バーナード家の子息とは気づきませんでした」

「エディと俺は気が合って、仕事を離れて友人になりました。でも彼は、いつも俺が友人や恋人を作ったらどうしようと、不安だったようです」

微妙に隠してはいるが、男娼をしていた時の客のことだ。翠はヴィクターと夫人を見たが、彼らは驚いたり眉を顰《ひそ》めたりしていない。ただ、真っすぐに耀司を見つめていた。

「俺は友人に刺された間抜けってことです」

「いいえ。知人や友人、恋人同士が揉《も》めた結果、傷害事件に発展することは多い。親しければ親しいほど、軋轢《あつれき》は起こる」

ヴィクターの言葉に、耀司は困ったような表情を浮かべた。

「エディは教養深く知性的で優しい人間ですが、病的に嫉妬深い。俺を殺せば、自分だけのものになると考えたらしい。おもて面は洗練された貴公子ですが、本当は安易で極端で子供みたいな奴なんです」

「当家の弁護士を手配できますが、告訴しますか」

そう言って肩を竦めた耀司に、ヴィクターは静かに問いかける。だが。

「告訴はしません」

きっぱりと言いきった耀司は、迷いのない目をしていた。こんな場だというのに、翠は兄の凛《りん》とした美貌に目を奪われる。

「訴えないのは友人だから？」

「ええ。こんな目に遭っても、俺は彼が嫌いじゃない。それに奴は上流階級のご子息だけあって、繊細で神経質なんです。投獄なんかされたら、その日のうちに死にますよ」

朗《ほが》らかとは言い難いが少し微笑んでいる兄に、翠は驚きを隠せなかった。もしかしたら兄は、エディのことを好きなのかもしれない。

「お気遣いくださったのに、すみません。俺は、奴を許します。エディは恵まれた環境に生まれ育ち本人も優秀なのに、いつも孤独なんです。俺と一緒にいると、その孤独が和らぐと言っていました。あいつは多分、――――俺がいないとダメなんでしょうね」

耀司の性格を、翠は誰よりも理解している。一見すると思慮深い容貌だが、その内面は凶暴で粗雑だ。だけど誰よりも愛情深い。懐《ふところ》に入れると、とことん甘い。

「奴が戻ったら、俺は一緒にいてやるつもりです。そのためにも、まず出頭してほしい。逃げたままだと罪が重くなります」

穏やかに言う耀司を見て、翠は彼が変わったことを感じた。

耀司が愛情を向ける対象は今までは翠だけであり、きっと今はエディもそうなのだ。そうでなければ自分を刺した犯人を、笑って許せるはずがない。

愛はすばらしい。けれど、愛は恐ろしい。古今東西、言われ尽くされたことを考えていると、ヴィクターの声で自分の名を呼ばれ、慌てて顔を上げる。

「え？　あ、ごめんなさい。ボーっとしてしまいました」

そう言うと、そこにいた全員が困ったような、愛しいものを見る目で翠を見た。

「以前、翠にも話しましたが、耀司には当家で働いてもらいたいのです」

ヴィクターの言葉に、耀司は呆気に取られた顔をする。

「……俺が、ですか？」

「はい。翠からあなたの話を何度も伺い、とても好感を持てる青年だと思いました。退院したら、ぜひ当家で働いていただけないでしょうか」

そう切り出されても、耀司は無言のまま、思案するように毛布を見つめていた。

「俺は伯爵家にふさわしい人間じゃありません。俺は前に」

話を続けようとした耀司の肩を、ヴィクターは軽く押さえた。

「今は話さなくて結構。ご婦人の前ですからね」

再び沈黙を要求された耀司は口元を押さえ、「はい」と頷き、頭を下げる。

「ご期待に添えるかわかりませんが、やれるだけやってみたいと思います」

しっかりした声で答えた耀司にヴィクターは頷き、「期待しています」と微笑む。

翠は思わず溜息をついた。彼の優しさと強さに、感銘を受けたからだ。

ヴィクターは、明晰な頭脳があり、何より他人を思いやって行動してくれる。

素敵だと思った。

自分が兄以外の人間にこんな感情を抱くなんて。以前ならば考えられなかった。

好きな人ができたこと。家族が無事でいてくれたこと。普通の幸福がこんなに尊いものだなんて。改めて幸せが込み上げてきて、兄に抱きついて頬にキスをする。家族同士の親愛の表現だ。

本当はヴィクターにもキスをしたいけれど、夫人の前でするのは、恥ずかしい。

顔を上げると、当の本人と目が合ってしまった。翠は恥ずかしくて真っ赤になったが、微笑んでみせる。だが。

いつもならば優しく頷いてくれるはずの彼が、ふっと目を逸らしたのだ。

翠の顔は微笑みを浮かべたまま、固まってしまった。今までなら、目が合えば微笑んでくれた。優しく頷いてくれた。それなのに、なぜ目を逸らされたのだろう。

――ヴィクターは自分の顔を、見たくないから。

不意に過った得体の知れない不安は、翠の身体を凍りつかせた。嫌われたかもしれないという恐怖は、身体から体温を奪う。

一度湧いた動揺は、翠を苛んだ。いつもと違う。何か見えない距離。首の後ろを剃刀《かみそり》で撫でられたような、不確かな胸騒ぎ。

（もしかしたら、もうぼくの顔なんか見たくないのかな。ぼくの愚かさは許せても、好きではなくなったのかもしれない。）

そう考えた瞬間、足元が崩れていきそうな不確かさに襲われる。

こんなに明るい病室で、誰もが和やかな表情を浮かべているのに、どうして自分は、こんなにも慄《わなな》いているのか。目を逸らされた。ただ、それだけのことなのに。

「翠、お前どうしたんだ。顔色が悪いぞ」

兄がさっそく翠の様子に気づいて、声をかけてくる。

「そう？　何ともないけど。ライトの加減で青白く見えるのかも」

「そうか？　それならいいけど」

耀司はそう言いながら、翠の額に掌を当てた。子供にするみたいな態度が、少し恥ずかしい。

マダムやヴィクターもいるのに。

「熱はないな」

「大丈夫。過保護だよ」

「そうだな」

笑顔で言われ、翠も笑うと会話を聞いていた夫人も楽しそうに微笑んでいる、だが。

ヴィクターだけは笑っていない。それだけで、指が冷たくなるほど気持ちが沈む。

(ヴィクターは、ぼくのことを嫌いになったのかな)

面と向かって訊くには、唐突で滑稽で、そして幼稚な質問。でも、ちゃんとした答えは、怖くて聞けるわけがない。

何だか彼と自分の間に、巨大な壁が築き上げられたみたいな気がする。

頭の中では『どうして』という言葉がぐるぐる回る。

ヴィクターが翠を見ようとしない。それだけのことが心許《こころもと》なく感じられる。

どうして自分は、こんなに弱いのだろう。

「本日は騒がしくして申し訳ありませんでした。我々は、これで失礼します。どうぞ、お大事になさってください」

ヴィクターは長居を詫びると夫人の手を取り、席を立つ。そして夫人が着てきた見事な毛並みの毛皮のコートを背後から広げ、着せかけてやる。そして自分も、灰色のコートを着た。

「あ、ぼくお見送りに行きます」

「そんなにお気を遣わなくても大丈夫ですよ」

やんわりと辞退したが、こんな高貴な人を見送りせずに帰すわけにはいかない。翠は慌てて自分も、ツイードのジャケットを羽織った。

「翠、お前ももう帰れ。遅いから気をつけて。これでタクシーを拾え」

入院中の身で、いったいどこからお金を出したのか。数枚の紙幣を翠に握らせた。

「お前はボンヤリしているから心配だよ。いいか、歩いて帰るなよ」

警察署から逃亡したエディのことを、耀司も知っている。彼の狙いは自分だとわかっているから、翠に対して、それほど警戒はしていない。

翠は兄の言葉に頷いて、お金を受け取った。

「お金、ありがとう。また明日ね」

「気をつけて帰れ。無理して見舞いなんか来なくてもいいから」

優しい言葉に頷いて、夫人とヴィクターの三人で廊下に出てドアを閉める。

病院の出口を出ると宵闇の中、ブルワー家の車が停車していた。運転手が車の横に立ち、主人を待っていた。

「翠さん。どうぞお乗りになって。送りますわ」

優しい言葉が嬉しかったが、かぶりを振った。

「ありがとうございます。でも、今日は遠慮させてください」

「あら、こんな遅い時間に一人だなんてダメよ」

夫人が心配そうな声を出すと、隣に立つヴィクターが「いいえ」と言った。

「実は私と、ちょっと約束があるんです。あまり遅くならないようにしますし、帰りはもちろん送って行きますので、ご心配なく」

翠にとっては驚きの言葉だったが、夫人を納得させるには十分だったらしい。

「ヴィクターが一緒なら安心ね。では、わたくしはこれで失礼するわ。翠さん、またね」

孫の言葉をあっさりと信じた彼女は、伯爵家へと戻って行った。

病院の正門に残った翠は、この展開についていけない。どうして彼は、自分と出かけるなどと嘘をついたのだろう。

不意に吹きつける夜風が、頬を撫で首筋を冷たくする。思わずジャケットの襟を立てた。

こんな時、恋人同士ならば抱き合って、お互いを夜風から守っただろう。でも今の二人の関係が、よくわからない。ヴィクターの仕草ひとつであやふやになってしまうような関係は、恋人同士とは言えないと思う。それに唇と唇でキスもできない関係なんて。

「どうして、ぼくと出かけるなんて嘘をついたんですか」

「きみに謝りたかったんです」

ヴィクターはそう言うと、そっと翠の髪に触れてくる。いつもと同じ仕草だ。

「謝るって、どうして」

「先ほど、きみから目を逸らしてしまった。気づいていたでしょう」

やはり思い違いではなかったのだ。

「翠、私はきみが愛おしい」

彼の言葉に、時が止まったような気がした。

さっきまで目も合わせてくれなかったのに。自分を見てもくれなかったのに。

「だから耀司に甘えている姿を見るのが苦しかった。……苦しかったから、あんな子供のような態度を取ってしまった。許してください」

「あ、の、ぼくは」

「きみのことは理解しています。無理強いする気も、意思を無視する気もない。ただ、私の気持ちを伝えたかった。翠、きみを愛しています」

どうして、そんなことを言うのだろう。

自分は一人。ずっと一人。接触恐怖症なんかになっているから。だから、ずっと一人。男に乱暴されるような人間だから一人でも仕方がない。ずっとそう思ってきた。

（それに公園での出来事。ぼくは伯爵様とつき合うのにふさわしい人間じゃない）

いや、愚かな翠を愛おしいと言ってくれてもこのまま恐怖症が治らず、彼を完全に受け入れられなかったら。そこまで考えて言ってくれているのだろうか。自分で本当にいいのか。

（ヴィクターに嫌われたら、ぼくは、……ぼくは、どうやって生きていったらいいのだろう）

「ぼ、ぼく、やっぱり一人で帰ります。さよならっ」

「翠！」

正門から走り出すと、追いかけてくる気配がする。翠は曲がり角を折れてすぐの、ビルとビルの間に身を隠し、大きな息をついた。

どうして。どうしてヴィクターは、いきなり自分の心臓を鷲摑みにするのだろう。愛おしいだなんて、気軽に言うべきことじゃない。

――いや、気軽になんて言っていない。

あんな真剣な眼差し。あんなに真摯な声。あんなに切なそうな表情。何もかも、心を抉《えぐ》るみたいだった。気軽なんかじゃない。

「翠、どこに行ったのですか。翠！」

気づくとヴィクターが自分を追っている声が、ビルの隙間から聞こえた。飛び出してしまったから、心配して追いかけてきてくれているのだ。

胸が摑まれたみたいだ。苦しい。苦しい苦しい苦しい。――嬉しい。

どきどきするのは、走ったからじゃない。世慣れない子供にもわかる。いや、自分はもう子供じゃない。子供のふりをしているだけで本当は。

しばらく俯いて地面を見つめていた。ヴィクターの声も、遠くなっていた。今日はもう、一人で帰ろう。そのほうがいい。

顔を上げ歩き出そうとしたその時。ビルとビルの間に、誰かが立っているのが目に入った。通りの灯りを背にしているので、顔が見えない。

「見ぃつけた」

背が高い男の声は明るい。ヴィクターが戻ってきたのだと思った。だが次の瞬間、息が止まりそうになる。目の前にいる人物は。

「見つけたよ。こんなところに隠れていたんだね」

エディ。

耀司を刺し、警察署から取り調べ中に脱走した男が、今、翠の目の前に立っていた。そして手には、またしてもナイフが握られていた。見た瞬間、血の気が一気に引く。

スーツを着ていたが、全体的に薄汚れている。ずっと逃亡していたのだから無理もない。

彼は真っすぐ翠の方角へと歩いてくる。その動きに迷いはない。

こめかみに汗が流れた。耀司が刺された場面が頭の中によみがえる。彼の目的が今度は自分なのは明白だ。捕まる恐怖で、心臓が早鐘のように打つ。

助けを呼びたい。でも、こんな裏道で大声を出しても、誰も助けてくれるわけがない。

翠はエディに背を向ける恰好で逃げようと走り出す。すると、背後にいた彼が走り出す気配がした。追いかけられている。

「きみはヨウジの弟だね。そうだろう」

背後からグッと肩を引かれて、耳元で囁かれた。心臓が止まりそうになる。

『絡まれたら絶対に相手の目を見るな。とにかく振りきって、死ぬ気で逃げろ』

耀司に教わったことが、頭の中でグルグルしている。翠はエディの手から逃れようとした。だが、彼の手の力のほうが強い。肩に食い込むみたいだ。

「きみに頼みがある。ヨウジがいる病院は、警備員も警察もいるから入れない。私は変装するから、きみの知り合いということにして、連れて行ってくれないか」

有りえないことをエディは懇願してくる。どう考えたって、耀司を刺した犯人を病院に連れて行くわけがない。だが、常軌を逸している彼には、通じないのだ。

「は、放してください。ぼくに触らないで！」

「お願いだ。ヨウジに逢いたい」

「放して！　誰か、誰か来てください、誰かっ」

「頼む。私は、彼に逢わなくてはならない。いや、……逢いたいんだ」

虚ろな眼差しで翠を見据える男が怖くて、その手を振り解こうとした。だが、エディの力は存外に強い。

「彼を放したまえ、エディ・ナイベット。私の恋人に触れないでもらおうか」

思いもかけない声に翠と、エディまでもが顔を上げる。その目の前に立っていたのは、二人が予想もしていなかった人物だ。

「ヴィクター……！」

彼の姿を見て、翠は泣きたいと思った。

急場に来てくれたから、嬉し泣きをしたいのではない。どうしてこんなところにヴィクターが戻って来たのだと、怒鳴りたい気持ちだった。

自分はどうでもいい。けれど、ヴィクターだけは危険な目に遭わせたくない。

「これは、リットン伯爵殿。なぜあなたが、このようなところに。私は幻を見ているのか」

ヴィクターの出現に驚いたエディが、訝しげに言う。それも当然で、伯爵家当主である彼がこんな場に、しかも翠を恋人と呼ぶなど前代未聞だからだ。

「幻ではないよ、エディ。きみは耀司の家に侵入した際、私を殴った。覚えていないか？」

「なんてことを。申し訳ありません、リットン伯爵殿」

「ヴィクターで結構。それよりも、彼を放しなさい。きみには関わりがない人だ」

「おお。彼は、あなたの恋人なんですね。でも、ごめんなさい。私はヨウジに会いたいが、病院には警察がいて入れない。だから、彼に連れて行ってもらうしかないんです」

常軌を逸している内容なのに、彼は淡々と会話をしている。それが怖かった。

もしもヴィクターに暴力を振るうようなことがあったら。そうしたら翠は、自分が抑えきれるかわからない。自分は、どうなってもいい。でも、ヴィクターだけは助ける。

接触恐怖症などと言っている場合じゃない。それに自分は、汚れた身だ。

だって彼は尊敬され敬われ、未来を嘱望《しょくぼう》される人だから。自分なんか足元にも及ばない人だから。……ううん、違う。そうじゃない。

ぼくが、だいすきな人だから。

誰よりも大事な人を守りたいから。

出会ってからずっとヴィクターは翠を眠り姫と呼んで、優しくしてくれた。傷つかないように、羽毛で包むみたいに大事に見守ってくれた。触れる時は、翠が怖くないところにだけ。そんな細やかな愛情を示してくれた人。

ヴィクター、彼が傷つくぐらいならば、世界が終わるほうがいい。

「許してください。他に手だてがないんです。耀司に逢うには彼の協力が」

「エディ、兄は、あなたを許すと言っていました」

会話に割って入った翠の言葉に、エディは瞳を瞠った。

「何と言った？　ヨウジが私のことを何と」

「兄はあなたのことを、いつも孤独だって言っていました。自分がいないとエディはダメだろうって。自分に怪我をさせたことを怒るよりも、あなたのことを、とても心配していました」

「ヨウジが……、ヨウジがそんなことを」

「エディが戻ったら一緒にいてやるつもりだと、兄は言っていました。そのためにも、まず出頭してほしいと」

「私は彼を刺した。それなのに、許してくれるのか」

「兄はあなたを愛しています」

その一言を聞いた瞬間、信じられないような顔で翠を見つめた彼は、どうしたらいいのだと顔を歪めた。泣き出す一歩手前の、子供の顔に似ている。

「嘘じゃありません。兄は、あなたを愛している。大事にしたいって思っている。だから、不安に思わないでください。あなたがいないと、兄は幸福になれない。だから、どうか警察に行ってください。二人の将来のために、まず出頭してください」

静かな声でそう言うと、エディはとうとう膝をつき、泣き出してしまった。

「ヨウジ、おお、ヨウジ……っ。こんな私を許してくれるのか」

遠くからサイレンの音が聞こえる。ヴィクターが隙を見て通報してくれたようだ。その音を聞いても、エディは微動だにせず泣き伏したままだ。

ただ子供のように、耀司の名を繰り返し呼び続けていた。

9

通報によって駆けつけた警官に取り押さえられ、エディは連行されて行った。たとえ兄が彼を訴えないにしても、警察署から脱走したのは罪に問われる。

「大丈夫でしょうか。兄はあの人のことを、心が弱いって言っていたし。あ、でも男爵家の人なら、ちゃんと弁護士もつきますよね」

その呟きにヴィクターは渋い顔でかぶりを振った。

「彼はバーナード男爵家の、確か三男だったはず。そのような弱い立場では、男爵家が弁護士をつけない可能性もある」

「三男だと弁護士をつけてもらえないんですか」

「爵位を継ぐ長子は大事に育てられますが、三男では家を出る身。何より、法を犯した彼を、男爵家がどう扱うか。もし無視をするなら、当家が弁護士の手配をしましょう」

「でも、ヴィクターがそんなことをしなくても。エディはあなたを殴った人なのに」

そう言うと彼は困ったように肩を竦め、秘密を打ち明けるように小声になる。

「彼は耀司の想い人。彼が苦しめば、耀司も悩むことになります。それはすなわち、きみの苦悩につながる。そんなことはさせません」

その言葉に翠は涙が出そうになった。ヴィクターの心の深さに、胸が震えたからだ。どうして、そんなに優しくしてくれるのだろう。

自分は、何も持っていないのに。

持っていないだけじゃなくて、兄以外、そばにいてくれる人もいない。そんなダメな生き物に、どうして彼は好意を寄せてくれるのだろう。

エディのことにも気を遣ってもらったのに、まだ礼も言っていない。何かしゃべらなくてはと唇を開こうとすると、言葉より先に涙が零れた。

「あ……っ」

涙は頬をすべり顎から零れ落ち、着ていたシャツの胸元を濡らしていく。

「あ、あの、ごめんなさい。これは違います。違うんです」

何がどう違うというのか。明確な説明ひとつできないまま、涙を零し続けた。ヴィクターは翠をじっと見つめ、憂いを帯びた表情を浮かべた。

「きみは、……きみという人は」

その呟きを聞いて、翠は身体を竦めた。また何か、莫迦なことをしてしまったのか。

「こんなところでは、話ができない」

彼はそう言うと、通りを走るタクシーを捕まえた。

「どうぞ、乗ってください」

次いでヴィクターも乗り込み、運転手へ目的地を告げる。その場所は。

□□□

連れて行かれたのは、リットン伯爵邸だ。タクシーの運転手に告げた行き先を聞いて、なぜこんな時間に自分まで伯爵邸に行くのかと思ったが、ヴィクターは構わず車を走らせた。

「あの、もう遅いからお邪魔するのはご迷惑です。ぼく、今日は帰りますから」

涙を拭きながら言ったが、返ってきたのは優しい、しかし有無を言わせない声だった。

「しばらく、私に時間をいただけませんか」

「……はい」

車窓から見える流れる風景も目に入らず、翠はただ、気持ちが暗くなるばかりだ。

伯爵邸に到着すると、すぐに執事であるケインが出迎えに出てくれた。ヴィクターは帰る前に連絡してあったらしい。夜も遅い時間だというのに、執事はいつもどおりだ。

「おばあ様は、もうお戻りだね」

「はい。お食事がすんだあと休まれるとおっしゃって、お部屋に入られました」

「ありがとう。ああ、私たちは、しばらく話があるので、お茶も食事もいらない。ケインも皆も、もう休んでおくれ。遅くまでご苦労様」

彼はそう言って執事を労《ねぎら》うと、翠を誘うようにして、中へと入り大きな階段を上っていく。だが、けして触れようとはしなかった。

三階の奥の部屋に案内され、翠が中に入るとヴィクターは扉を閉め、灯りをつけた。その瞬間、翠の口から「わぁ……っ」と声が上がる。

「どうぞ入って」

その一室は大きく窓がとってあり、昼間は陽光が降り注ぐだろう造りになっていた。夜も更けたというのに室内は暖かく、植物たちのために気温が一定に保たれている。

生き生きと葉を伸ばすアイビー。ワイヤープランツ。シェフレラ。インディビサ。可憐なオリヅルランにシュガーバイン。つる薔薇。部屋の中とは思えない植物群だ。

「すごい。お屋敷の中に、こんな温室があるんですか」

「温室は中庭にもありますが、この部屋は祖父母が読書や植物を楽しむために造った部屋です。祖父が病に臥した時も、ここならば自室にも近いので重宝しました。昼に日光浴をしたり、夜には月を見たりとね」

言われてみれば、どの植物も大きな鉢植えに植えられている。何とも優雅な話だが、青々と繁る草花は部屋にいるだけで気持ちが安らいだ。

もしかするとヴィクターは、翠の気持ちを和らげようとして、この部屋を選んだのか。

「どうぞ、座ってください」

部屋の中央に配置されているソファに腰を掛けると、ヴィクターは着ていたコートも脱がずに、斜め横に設置された肘掛け椅子に座った。

「温室の他にも植物の部屋があるなんて、すごく素敵ですね。空気が澄んでいます」

「ありがとう。祖父の死後は不要になったも同然ですが、おばあ様がここで読書をしたり緑を楽しんでいるので、そのままにしています」

贅沢極まりないことを、さらりと言われた。ヴィクターにとっては、ごく普通のことなのだ。

彼は肘掛け椅子に座り直すと、長い脚を組んだ。それからおもむろに話し始める。

「翠、きみは、私がくちづけようとすると逃げてしまいますね。もちろん、まだ時間がかかるなら待ちます。でも、先ほどは、なぜ急に帰ってしまわれたのですか」

いきなり核心をつかれて、翠は動揺が走る。彼は静かに話を続けた。

「私があんな場所で、愛の告白をしたから気に障りましたか。でも、私の気持ちは前から伝えていますよね。今回は不快だったからですか。それならば謝罪を」

「ちがいます！　謝らないでください、ぼくは」

謝ろうとするヴィクターを、慌てて言葉で遮った。彼はそんな無礼なことをされても、怒らず先を促すように黙って待ってくれる。けして翠に触れないままで。

ヴィクターは、翠に触れようとしない。翠が許可しないことや、嫌がることはしない。触るとしても、髪の毛の先だけ。溺れた自分を助ける時だけ。

「先ほどエディと話をしている時、きみは逃げなかった。説得してくれて助かったのは事実ですが、あのような場合は、隙を見つけて逃げ出すべきです。なぜきみは」

「あなたに怪我をさせたくなかったからです」

瞬時に答えると、ヴィクターは不意を衝かれた顔になる。まさか、この弱々しい翠に自分が庇われたとは思わなかったのだろう。

「ぼくなんか、どうでもいい。けど、ヴィクターは立場が違う。あなたは、リットン伯爵家の大切なご当主なんですから」

「自分なんかと卑下《ひげ》しないでください。どうでもいいと言わないで。とても悲しい気持ちになります。あなたの命が私より軽いなどと、断じてありません」

思いもかけないことを言われ、翠は呆然とした表情を浮かべた。

「でも先ほどは、よくエディを説得してくれました。彼も耀司の気持ちを知って、救われたと思います。エディを救ってくれて、ありがとう」

いつもいつも、紳士なヴィクター。彼は翠を踏みつけて嗤う男たちとは違う。

どんな時も翠を思いやる人。翠の心を大切に扱ってくれる人。

深い翡翠の森の中、震えて眠る姫君を、優しく見守る王子様。世界が崩れてしまっても、この人だけは壊れない。

自分も、――――自分も、彼のことが。

翠はソファから立ち上がると、ぶるぶる震える指で、シャツのボタンを外し始めた。焦っているつもりはないけれど、うまくできない。必死の思いで肘掛け椅子に座る、ヴィクターの前に立つ。いきなりのこの行動に、彼も驚いた顔で自分を見つめていた。

「ヴィクター、ぼくは、あなたが、……あなたが……っ」

それから先は、声にならない。

ちゃんと言いたいのに。この気持ちを伝えたいのに。

瞳から涙が溢れ、頬を伝い顎からすべり落ちる。唇が小さく震えた。顔が真っ赤なのが、自分でもわかる。みっともない。何も持たない子供の自分。

(でも。でも、それでも)

もらってばかりじゃダメ。受け取るだけじゃダメ。

誰も好きじゃないまま、翡翠の森に沈みたくない。彼に愛されないまま、凍りつき砕け散ってしまいたくない。

「ヴィクター……、すき……っ」

喉に何か大きなものが閊《つか》えているみたいな、変な声だ。

それでも胸の奥が弾けたように開き、今までずっと抑え込んでいた感情が溢れ出す。

「ヴィクター、すき。ヴィクター、だいすき!」

大きな声で告白すると、勢い余って咳き込んでしまった。恥ずかしくて俯くと、ふわっと優しい感触がする。彼の長い腕だ。

いつの間にか立ち上がっていたヴィクターが、翠の身体に触れぬようにして、その長い腕で包みこんでいた。

「翠、お願いです。私にきみを抱きしめる許しをください。お願いです、どうか許しを」

切ない瞳の恋人を、翠はくしゃくしゃに歪めた顔で見つめ、そして必死に言い募る。言いたくて、でも、どうしても言えずに身を捩った、あの言葉を。

「だいて、だいてください……っ」

そう告げて、彼の胸の中に飛び込んだ。

ヴィクターは翠の細い身体を強く抱きしめて、柔らかい髪に唇を埋める。

「待っていた。……待っていたよ。私の翠。私だけの眠り姫……っ」

彼の唇が、翠の髪から動こうとしない。それじゃ嫌だと身を捩った。

「ちゃんとして。おねがい、ぼくにキスして」

泣き声でねだると、彼は痛みに耐えるように眉を寄せる。今度は額から瞼に、瞼から頰に、耳朶に、こめかみに、髪に、首筋にキスをする。

「ヴィクター、すき……」

翠がそう呟くと彼は今度こそ、唇にくちづける。

今度は、お母さんのキスじゃない。

大人の男の熱くて甘い、情欲的なくちづけだ。

□□□

ほんのちょっと前だったら他人と抱き合うなんて、想像もできなかった。

他人の肌に触れたり、触れられたりするのは考えただけでも怖かった。でも今は違う。

もっと触れてほしい。もっと深く入り込んでほしい。もっと。もっともっともっと。

奪ってほしい。

生まれて初めて抱く感覚に惑《まど》わされたい。乱れたい。蕩けたい。

終わる。始まる。愛する。愛される。蕩けるまで。

くちづけの合間に、そんな言葉が頭の中をきらきら瞬いた。

「ヴィクター、……ヴィクター……」

「こうやって抱かれて、大丈夫？」

囁かれるのは愛の言葉ではなく、翠の身体を労わるものだった。

普通なら愛する人と褥《しとね》を共にし、その人の情熱を受け止めるのが嬉しいのに。自分は緊張して
ガチガチになっている。それが恥ずかしい。

「身体が強張っています。少し休みましょう。今夜、すべてを経験しなくてもいいんです。ゆっ

くり慣れていきましょう」

優しい声で言われて、思わず頷きそうになって必死でかぶりを振る。

「だっ、だめっ！」

先送りにしちゃダメだ。今、抱きしめてもらわなきゃ嘘だ。

だって、ヴィクターが大好きなのだから。その手を放してほしくないから。

「ぜんぜん怖くないし、気持ち悪くもないです。だってヴィクターだもの」

必死さが伝わったのか、彼は翠の髪を優しく撫でた。

「では、後ろから抱きしめてみましょう。顔が見えないから、緊張しないかもしれません」

そう言われて頷いた。顔を見なければ、少しは気が楽になる。

でも実際、窓に映る自分たちの姿があまりに淫靡《いんび》すぎて、頬が熱くなる。

室内の温度が濃厚すぎる。甘すぎる。蕩けそうだ。

「あ、の、ヴィクター、キスして」

「本当に大丈夫？」

問いかけに何度も頷くと、ちょっとだけ笑う気配がする。顔を上げると彼は、少し困ったように微笑んでいた。

「失礼。とても、いじらしくて」

何だか急に恥ずかしくなってしまった。自分は世慣れていないから、変なことをしてしまったのかもしれない、嫌われてしまったらどうしよう。

「き、嫌いにならないで……」

細い声で懇願すると、ヴィクターは困ったような表情を浮かべた。そして翠の髪に触れ、それから、そっと頬を撫でる。

「嫌いになるわけがないでしょう。……これは、嫌じゃない？」

「は、い」

指先は顎に移り、そのまま持ち上げられる。

「これも嫌じゃない？」

返事をしようと唇を開いた瞬間。彼が身を屈めて翠を抱き込み、柔らかいもので唇を塞ぐ。すぐにそれがヴィクターの唇だと気づいて身体が揺れた。

だが彼はすぐに離れてしまい、またしても翠の髪に唇を埋める。背中に感じる体温。微かに響く鼓動。ほんの少しだけ薫るコロンと混じる、ヴィクター自身の香り。

それらを感じているだけで、心が逸《はや》る。頭の芯が蕩けそうな思いで、目の前に立つ彼に身を摺り寄せる。

「ヴィクター、もっと……」

「もっと？　もっと何ですか」

そう囁く甘い吐息に、とうとう泣き声で懇願してしまった。

「もっと、ちゃんとキスして……っ」

翠は自ら頽れるようにして、男の手に堕ちた。すぐにグッと抱きしめる腕に力がこもり、息が止まりそうになる。

陥落するみたいに、翠は抱きしめてくる腕にすがりついた。怯えていた恐怖も憂いも痛みもない。あるのはただ、愛おしい人を抱きしめたい気持ちだけだった。

何度もキスをされ、唇も舌も熱くてうまく回らない。

灯りが落とされた温室の中で、何度も唇を交わした。優しいキスも、甘いキスも、意地悪なキスも、蕩けるキスも。

くちづけられている間、胸が破裂しそうだった。

この鼓動を聞かれたらどうしようって、そんなことばかりが頭を占める。

深く唇を貪られて、息が止まりそうになった。それでも、唇が離れることはない。それどころか熱い舌が滑り込んできて、翠の歯列と上顎をねっとりと舐めていく。翠の身体が、ぶるっと震える。だが、その舌先はすぐに去って、代わりに冷静な声が聞こえた。

「これが、ちゃんとしたキスです。大丈夫ですか？」

頭の中がくらくらして、息がうまくできなくて。それでも止めてほしくない。

翠は自分からヴィクターにしがみつくと、キスをねだるように顔を近づける。願いはすぐに聞き届けられ、再び唇が降ってくる。

もっとしたい。もっと、もっとこれ以上のことがしたい。自分でも、どうしていいかわからず、ぎゅっと彼に抱きついた。すると驚いた声で囁かれる。

「硬くなっていますね」

最初、何を言われたのか、わからず顔を上げる。すると、目を細め微笑んでいるヴィクターの顔が目に入った。すぐに何を言われたのか気づいた。

彼の太腿に当たる翠の性器が、硬くなっていると言われたのだ。

「あ、あの、違う。これは違います、これは……っ」

「怖がらないで大丈夫。私に抱きついていて」

え？　と思って顔を上げたのと、ヴィクターの指が服越しに性器に触れたのは同時だった。

「あ、あ、あ、ヴィクター、やめて……っ」

服の上からだというのに、触れられただけで背筋に震えが走る。それと同時に、自分の性器が硬く反応するのもわかった。

戸惑っている翠を労るように、何度も頰や額にくちづけが落ちる。その優しいキスと、やめてと懇願しているのに性器を弄られる差異に、頭が追いつかない。

「やだ、ぁあ、やぁ……っ」

蕩けそうになって、眦《まなじり》から涙が溢れ耳へと滑り落ちた時、いきなりの失墜感に囚われる。そう思った瞬間、生まれて初めての悦楽が襲ってくる。

「やだぁ、やぁぁ……っ」

一度も経験したことがない恍惚《こうこつ》が、背筋を通り抜ける。いやらしいことをしている背徳感と、ぞくぞくする高揚感が綯い交ぜになった。

「ぁ、あ、あああ、やぁ……っ」

強く握られ柔らかく擦られて、とうとう翠は遂情してしまった。

がくがく震える身体を抱きしめられ、ヴィクターの服にしがみつく。彼は、まだコートも脱いでいない。そのストイックさに比べて、自分の下肢は淫《みだ》らに濡れていた。恥ずかしくて堪らない。ヴィクターは翠の身体を胸に預けたまま、器用に着たままだったグレイのコートを脱いだ。そして、その上に翠の身体を横たえる。

「もしかして、きみは射精の経験がないのですか」

いきなり彼の口から露骨な単語が出て、顔が真っ赤になった。それが答えだと理解したのか、ヴィクターは大きな掌で翠の髪を優しく撫でる。

「な、ないわけじゃなくて、朝、目覚めた時に下着が汚れていたりとか。でも、こ、こんなふうに誰かの手でなんて、初めて……」

つっかえながら、何とかそれだけを言った。

「なんてことだ。……ああ、私をこれ以上、きみに夢中にさせないでください」

何を言われているかわからなかったけれど、呆れていないのは理解できた。こんなにみっともない真似をしたのに、怒られないのが嬉しかった。

「汚れてしまったので、このままバスに行きましょう。立てますか」

「だ、ダメ。ヴィクター、ヴィクターも一緒にして」

思わず口走ってしまった言葉は彼だけでなく、翠をも驚かせるものだった。でも、自分一人だけされてしまうのは嫌だと思った。ヴィクターにも気持ちよくなってほしい。

「ヴィクター、もっと、ちゃんと抱いて。ぼくだけじゃイヤ。二人で抱き合いたい」

「翠……」

「ぼ、ぼくのぜんぶ、……奪って」

その一言を口にした瞬間、彼の碧色の瞳が色を変えたように見えた。

きらきらと光る、万華鏡のように光って見える。

「そんなことを言って、後悔しませんか」

「う、ううん。ぼく、ぼくはヴィクターに」

「翠」

その低い声で名を呼ばれて、治まっていたはずの動悸が激しくなった。自分でもわからないぐらい、身体中が興奮している。

「私はいつまでも紳士じゃありませんよ」

その言葉は翠の心臓を鷲摑みにする。魔法にかかったみたいに、ただ頷いた。

怖い気持ちは、相変わらずある。それでも、後悔するはずもなかった。

□□□

「あ、あ、あ、あ……っ」

剝《む》き出しになった生肌の、なめらかな感触がする。

広げられたコートの上で四つん這いになり、背後からヴィクターの性器を最奥に少しずつ受け入れていった。

「痛いですか？　翠、答えてください。痛みはありませんか」

「い、痛い、けど、痛いより、大きい、……大きい……っ」

コートの上での身体をくねらせると、体内に挿入された大きな性器が肉壁を擦り上げる。

そのたまらない刺激が、また翠に声を上げさせた。

こんな感覚、知らない。

ヴィクターは挿入しながら身を屈めると、なめらかな背中を抱き寄せくちづける。

「やはり、ここまでにしましょう。今日は急すぎました。もっとゆっくりと」

そう囁く彼に、翠は必死でかぶりを振る。

「だめ、だめぇ……っ。やだ、ぬいちゃ、やだぁ……」

切ない声でそう言うと、ヴィクターは何度も翠の背中を愛撫し、くちづけた。それから、じわじわと身体を進め、内部をこじ開けてくる。翠の両目から涙がぽろぽろ流れた。その滴に気づいたヴィクターが侵入を止めようとすると、また泣いてしまった。

「やだ、やだぁ。抜かないで、ぬかないでぇ……っ」

「本当に？　私はきみを傷つけたくないんです」

「いい、……いいの。もっと奥まで……っ」

苦痛だけではない、身体の奥底から湧き起こるような官能に、翠は無意識のまま自分から腰をくねらせる。その淫らな動きに、ヴィクターは深い吐息をつく。そして狙いを定めたように腰を動かされると、翠の唇から高い声が上がった。

「やぁ、ああ、な、何これ、やだぁ、ああ……っ」

与えられる悦楽に戸惑いながら、翠はヴィクターの動きに合わせ、必死に身体を蠢《うごめ》かせた。

「やぁあ、あぁ……ん、ん、んぅ……っ」

翠の目がとろりと蕩けて、いやらしく乱れる。他人と触れ合うのが怖かった翠は、生まれて初めて愛する男を受け入れて、甘い鳴き声を上げていた。

「ヴィクター、ヴィクター……っ。ぼく、もういっちゃう。いっちゃうよ」

「翠、ああ、可愛い翠。いってください。私を奥に感じながら、いきなさい」

いつの間にか体内の奥まで侵略していた彼は、翠の両肩を抱きしめると、深々と貫き身体を動

かす。その刺激に悲鳴でなく、嬌声《きようせい》が上がった。

初めて男を受け入れたのに、もう悦《よろこ》びの声を上げている。その甘ったるい狂喜に震えたように
ヴィクターは翠の身体を貪った。

「翠、一度いかせてください。いいですね、きみの奥に注ぎたい」

「あ、ああ、ああ、ヴィクター、ああ、いい、いい……っ」

意味もわかっていないのに、必死で何度も頷いた。次の瞬間、身体の奥に熱情が迸る。

「ああ……っ、あああ……っ！」

固く抱きしめられたまま、ヴィクターの飛沫を受け止める。そうされるだけで身体が反応し、
悦びに体内がざわめいた。男の情熱を受け止める、充足感と甘い快楽。

しばらくの間、二人は抱き合ったまま身動き一つしなかった。

「翠、大丈夫ですか」

ヴィクターの顔が至近距離にある。いったい、何があったのだろう。

「ヴィクター……？」

そう声を出したが、出てきたのはガラガラ声だ。びっくりして喉を押さえようとして、身体中
に力が入らなくて驚いた。

「しゃべらないで」

声を出すのはとても苦しかったので、無言で頷く。

「動かないで、そのまま寝ていてください」

彼は翠の顔を見て首を傾げている。

「何を笑っているのですか」

「え？　ぼく、笑っていましたか」

「はい。とても幸福そうに微笑んでいました」

彼はそう言うと、翠の髪を優しく撫でた。

「耀司が退院するまで、きみを一人にしておくわけにはいかない。当家にいらっしゃい。荷物はこちらで運ばせます」

「でも、マダムのご意見も聞いていないのに……」

「祖母にとって、きみは何より大切な友人ですよ。あの方は、友人を大切にされる方です」

「ヴィクター……」

「これからは、一緒にいましょう。私たちは恋人同士。甘えてくれなくては困ります」

ヴィクターを見ると、彼は蕩けそうな眼差しで翠を見ていた。

「私の眠り姫。二度と不安に震えさせることはしないと誓います」

その甘すぎる囁きに、翠は穏やかに微笑んだ。

「何ですか、とても幸せそうだ」

「ううん。人の肌って、あたたかいなって思って」

そう言うとヴィクターは眩しいものを見るように目を眇め、翠を見つめていた。

そんな彼の眼差しが気恥ずかしくて、ヴィクターの胸に額を擦りつけ、瞼を閉じる。

もう赤いバスローブを着た悪魔の夢は見ない。

深い森の中、目覚めたくないと怯える子供はもういない。ここにいるのは翡翠の森から抜け出して、幸福に酔いしれる眠り姫。

愛おしい王子の胸に抱かれて、いつも二人で微笑む眠り姫。

あとがき

このたびは拙作をお手にとってくださいまして、ありがとうございます。

今作のイラストは、幸村佳苗《ゆきむらかなえ》先生にご担当いただきました！

幸村先生の繊細さ、そして描線の瑞々しさが大好きだったので、今回の機会をいただけて小躍りしまくり。自分のキャラクターを表現していただけるのは、この仕事をしていてよかったと思える瞬間です。

幸村先生。すばらしい奇跡を、ありがとうございました！

今作で長年お世話になりました担当様から、新しい担当様に代わることになりました。十年前、イベント会場で新人だった私に声をかけてくださった前担当様。何度も助けていただいたこと、忘れません。心から感謝します。

新担当様。面倒な私を最後まで導いてくださり、ありがとうございました。曖昧な世界観を明確に位置付けていただき、目が醒める思いです。

この作品は前担当様と新担当様のお二人がいてくださったから、できた物語。心の底から、感謝します！

営業、製作、製造、販売、クロスノベルスに携わる皆様。皆様のご尽力があったからこそ、本作が読者様に届きます。ありがとうございました。

そして読者様。読んでくださって、ありがとうございます！

今回のお話、いかがでしたでしょうか。主役の二人は私的王道ですが、おにいちゃんとかマダムとか、脇キャラを書くのが楽しかった。よろしければ、クロス編集部あてにご感想をいただければ嬉しいです。

小規模ながら続けてきた執筆活動が、先日、四十冊目を迎えました。今回の本が四十一冊目。新たなるスタートだと思い、またコツコツ字を埋めます。よろしければ読んでやってください。

見捨てないで応援してくださる読者様と、出版社様、書店様。皆様のおかげで、仕事ができます。今後とも、どうぞよろしく。

それでは、またお逢いできることを祈りつつ。

弓月《ゆりき》あや　拝

CROSS NOVELSをお買い上げいただき
ありがとうございます。
この本を読んだご意見・ご感想をお寄せください。

〒110-8625
東京都台東区東上野2-8-7　笠倉出版社
CROSS NOVELS 編集部
「弓月あや先生」係／「幸村佳苗先生」係

CROSS NOVELS

翡翠の森の眠り姫

著者
弓月あや

2018年1月23日　初版発行　検印廃止

発行者　笠倉伸夫
発行所　株式会社　笠倉出版社
〒110-8625　東京都台東区東上野2-8-7　笠倉ビル
[営業]TEL　0120-984-164
FAX　03-4355-1109
[編集]TEL　03-4355-1103
FAX　03-5846-3493
http://www.kasakura.co.jp/
振替口座　00130-9-75686
印刷　株式会社　光邦
装丁　磯部亜希
ISBN　978-4-7730-8870-0
Printed in Japan